AF280662

HOMO INCOGNITUS

Dorfgeschichte
und Geschichten

Georg Michael Strasser

Bibliografische Information der Deutschen Nationalbibliothek: Die Deutsche Nationalbibliothek verzeichnet diese Publikation in der Deutschen Nationalbibliografie; detaillierte bibliografische Daten sind im Internet unter http://dnb.dnb.de abrufbar.

Die automatisierte Analyse des Werkes, um daraus Informationen insbesondere über Muster, Trends und Korrelationen gemäß §44b UrhG („Text und Data Mining") zu gewinnen, ist untersagt.

Herstellung und Verlag: BoD – Books on Demand, Norderstedt
ISBN 978-3-759-75118-8

Inhalt

Wer nicht weiß, woher er kommt,
weiß nicht, wohin er geht.

Volksweisheit

Vorgedanken

Dorfgeschichte und Geschichten. Wie bereits der Untertitel vermuten lässt, ist der Ursprung dieses Buches in einer ländlichen Umgebung zu finden. Die Texte und Erzählungen entstanden aus der Betrachtung des Gewohnten, nahmen Form an in der Auseinandersetzung mit einem einst zufälligen Dorf, das über den Zeitraum von zwei Jahrzehnten für den Schreibenden zur Heimat wurde.

Heimat in Worte zu fassen, diesen Begriff zu klären, ist ein vielschichtiges, bedeutungsschwangeres Unterfangen, das beinahe so viele verschiedene Interpretationen hervorbringen kann wie es Menschen gibt, die in eine Heimat hineingeboren wurden oder eine solche gefunden haben. Klingt in *Heim* das Haus an, ein Gebilde mit Dach über dem Kopf und damit etwas wie Sicherheit und Geborgenheit, gestaltet sich das Spektrum der Empfindungen, die in diesem Begriff miteinander verschmelzen, weitaus vielschichtiger. Heimat mag eng verknüpft sein mit Grund und Boden, Ausdruck finden in den Beziehungen mit einer geliebten Person, Familie und Freunden – für andere wiederum ist es eine Art sinnliche Wahrnehmung, der Wind, der vom offenen Meer hereinweht, ein Geruch von Erde und Ernte, vertraute Geräusche mitten im Großstadtdschungel oder ein Stück Ungebundenheit in der Stille der Natur.

Heimat stellt ebenso etwas Ganzes und Allumfassendes dar, wie sie sich im Detail präsentieren kann, etwas Liebgewonnenes, das sich herausschält aus der Summe der persönlichen Erfahrungen: da steht ein symbolträchtiges Erbstück auf einem Ehrenplatz in der Vitrine, dort wiederholt sich ein

Gipfelmoment mit grandiosem Panoramablick, lädt ein häufig aufgesuchtes Café unter blühenden Kastanien zum Cappuccino. Andere Formen entwachsen einem ideellen Boden, bedeuten Brauchtum, Beschäftigung oder Berufung, entspringen Kunst, Kultur und Kreativität, finden Gehör in einer Mischung aus musikalischen Klängen, nehmen Gestalt an durch Formen und Farben, erfüllen sich im Geschmack von Speisen und Getränken, oder spiegeln sich im Erleben von intensiven Gefühlen, von Engagement und euphorischer Freude über Vertrautheit bis hin zu inniger Verbundenheit.

Manchmal löst sich die Heimat von Land und Leuten, verlässt alles Irdische, wird raumlos, zeit- und gegenstandslos, um sich im Glauben an einen Gott, in spiritueller Hingabe oder transzendentaler Erkenntnis zu erfüllen – und in jüngster Zeit kann es geschehen, dass sie, befreit von all ihren Bedeutungen, die sie im Lauf der menschlichen Geschichte erlangte, global wird, virtuell und interaktiv, ohne an bestimmte Orte oder konkrete Erfahrungen geknüpft zu sein.

Heimat ist etwas Gegenwärtiges, sowohl fester Begriff wie frei und variabel gestaltbar, Herkunft hingegen etwas Unverrückbares, aus der Vergangenheit Mitgebrachtes, Überliefertes – wir nennen es Geschichte. Wer nicht weiß, woher er kommt, weiß nicht, wohin er geht. Eine Volksweisheit, die kulturübergreifend an vielen Orten der Welt auf ähnliche Weise zum Ausdruck gebracht wird und dazu einlädt, sich selbst und seiner Herkunft in der Historie zu begegnen – sich mit den eigenen Wurzeln, denen des Dorfes, der Stadt, des Landes und der Menschheit auseinanderzusetzen, in ihre Geschichte einzutauchen.

Für die frühesten Formen des Lebens lag die Heimat in ozeanischer Tiefe und als es festen Boden zu erobern begann, fand es diese in einer Verwurzelung mit der Erde, gefolgt von

Lebewesen, die sich frei auf deren Oberfläche bewegten. In enger, oft symbiotischer Verbindung von Flora und Fauna entstanden Ökosysteme, in denen verschiedene Arten sich gegenseitig ergänzten und weiterentwickelten – ortstreu geworden konstruierten sie Nester, gruben Höhlen, errichteten Bauten und legten Pfade an, und wo die Lebensräume enger wurden, steckten manche ihr Revier ab und zogen Grenzen.

Mit der Entwicklung der menschlichen Zivilisation wurde der Begriff Heimat und seine Bedeutung zunehmend komplexer, diversifizierte sich und wird auf unterschiedliche Weise wahrgenommen, einerseits als persönliches Produkt eines jeden Einzelnen, gleichzeitig ein Stück Allgemeingut, das offizielle Bedeutung erlangte und gesetzlich verankert ist. Unverändert aber blieb sie für die meisten Menschen ein Grundbedürfnis, etwas nicht Wegzudenkendes.

Mittlerweile ist Heimat zu einem Markenartikel mutiert, als Swissness oder American Standard und Ähnliches nach Bedarf flexibel verwendbar wird sie kommerzialisiert und respektlos ausgenützt – ein Politikum mit Potenzial zur Manipulation ist sie bereits seit Jahrtausenden. Das Vaterland gezielt zu großartiger Bedeutung emporzustilisieren oder mit seinem Untergang zu drohen, lässt ganze Völker jegliche Form von gesundem Menschenverstand verlieren und manchen blindlings dem eigenen Wohlergehen und dem seiner Familie und Freunde zuwiderhandeln.

Ist Heimat nicht in erster Linie ein persönlicher Wert? Eine Art Mutterland, das auf etwas subjektiv Empfundenem beruht? Etwas, mit dem wir durch die Nabelschnur unserer persönlichen Geschichte verbunden sind? Für das wir als Gemeinschaft verantwortlich zeichnen und unseren Beitrag zum Gemeinwohl leisten? Oder ist sie ein Phantom, das unter dem Deckmantel des Patriotismus zu Zwecken der Macht und des Einflusses von den unterschiedlichsten Interessengruppen missbraucht werden kann?

Immer wird sie – ob sie nun die eigene, ganz individuelle Heimat ist oder jene offizielle, in der Schule gelehrte – eine Mischung bleiben aus Geschichte, Fiktion und persönlicher Wahrnehmung. Das Dasein bettet uns ein in historische Abläufe, lässt uns sesshaft werden an einem Ort – wie dem Dorf dieser Erzählung – einem Ort, der vor uns Bestand hatte und von seiner Vergangenheit erzählt. Wir erkunden seine Umgebung, erleben sein Hier und Jetzt, leben täglich mit dem, was in unserer Nähe, im Weiler, dem Dorf oder in der City geschieht, nähren den Ort mit unseren Vorstellungen und Visionen. Wir wohnen dort, arbeiten, gestalten unsere Freizeit und während wir die Geschichte des eigenen Lebens schreiben, lässt uns die Umgebung teilhaben an einer Vielzahl von Eindrücken, in denen Persönliches, Wirklichkeiten und frei Erfundenes nebeneinander Platz finden.

Darüber zu schreiben – nicht im Sinne der Berichterstattung in den lokalen Medien oder aus Sicht von Chronisten und Heimatforschern, sondern aus dem Privaten heraus, den Betrachtungen, Gedanken und Emotionen, die das Bleiben vor Ort in einem auslösen – unabhängig von allen Meinungen und Wahrheiten – dieses Vorhaben wurde zu einem Buch abwechslungsreicher Geschichten.

Was wir als Heimat wahrnehmen, darunter verstehen, in Bezug auf sie erleben und empfinden, wird dadurch, dass es uns nicht mehr loslässt, festhält über Jahre oder zurückruft, wenn wir unterwegs sind, zu etwas Allgegenwärtigem, das begleitet, beschäftigt und inspiriert. Wir sind gewohnt Reiseberichte zu lesen, uns von Dokumentarfilmen in ferne Länder entführen zu lassen, doch auch die nähere Umgebung kann sich in Exotisches verwandeln oder zu einem Kapitel der Historie werden, Utopisches und ein Stück Science-Fiction beinhalten – das Gewohnte mag das eine Mal banal wirken, andere Male bringt es einfallsreiche Bilder hervor.

Im Dorf tauchen Gestalten und alte Geschichten auf, die es in Wirklichkeit nie gegeben haben mag – sie existieren, weil jemand die Dinge so gesehen hat oder sie in dieser Weise beschreiben wollte – wie es mit Wilhelm Tell geschah, der dank einer nordischen Sage in der Schweiz zum Leben erweckt wurde und Generationen von apfelschussgläubigen Armbrustschützen hervorbrachte.

Es gibt Menschen, die werden begraben am Ort, an dem sie das Licht der Welt erblickten, andere kommen als Nomaden, werden heimisch und eines Tages begeben sie sich wieder auf Wanderschaft. Für manche wird das Dorf, die Stadt, der Platz, an dem sie zuhause sind, zur großen Bühne für die eigene Person, und es gibt andere, die selbst an ihrem Wohnort niemand kennt – solche, die unbekannt bleiben wie der Homo incognitus.

Terra Incognita

Früher, da geschah es gelegentlich, dass man einen alten Atlas zur Hand bekam, in dem sich Seiten befanden, die etwas Rätselhaftes, beinahe Mystisches an sich hatten. Wenn man mit dem Zeigefinger über die farbigen Grenzen eines Landes oder hinter eine Küstenlinie ins Innere vordrang, gingen an mancher Stelle alle Buchstaben verloren, mit ihnen blieben die Ortschaften aus, die braunen Linien der Gebirge verschwanden, ja selbst die Flüsse versiegten. Stattdessen dehnte sich dort eine weiße Fläche aus, ein Gebiet, das einfach leer war.

Mein Vater, der beruflich mit Vermessung und Kartografie zu tun hatte, musste derartige Bücher oder Nachdrucke besessen haben, denn ich erinnere mich daran, wie ich auf solche Karten stieß. Eine seltsame Art der Faszination ergriff mich, ein Zauber, der oft nur dem kindlichen Denken zu eigen ist. Ich sah weit mehr als eine jungfräulich gebliebene Stelle auf dem Papier. Was sich vor den Blicken auftat, war ein wunderliches Loch in der Erde, ein Gebiet, das etwas Geheimnisvolles ausstrahlte. Augenblicklich hätte ich dort hinreisen, in diesen Kartenausschnitt verschwinden wollen, um etwas vorzufinden, was noch nie jemand zuvor gesehen und erlebt hatte. Die weißen Flecken mussten Gegenden sein, die sich jeglichem Wissen entzogen, Orte, an denen man entweder dieser Bodenlosigkeit begegnen, mit der sie im Atlas dargestellt waren, oder fremdartige Landstriche antreffen würde, gefüllt mit allerlei fantastischen Dingen, wie sie in den Abenteuerbüchern vorkamen, die ich jeweils zu Geburtstag und Weihnachten geschenkt bekam.

Die Kinderseele fühlte sich bei dem Anblick dieser Leerstellen und den Tagträumen, die sie auslösten, den großen Entdeckern der Vergangenheit nahe, jenen Seefahrern und Pionieren, die zu allen freien Räumen auf der Erdkarte aufbrachen, wilden Wagnissen die Stirn bietend und große Gefahren auf sich nehmend, um die Linien der bekannten Horizonte zu zerschneiden, um Neues, nie Gesehenes zu erleben, zu erfahren und für die Nachwelt festzuhalten. Terra incognita wurden diese unerforschten, kartografisch noch nicht erfassten Gebiete in lateinischer Sprache bezeichnet – unbekanntes Land.

Dieses Niemandsland begleitete die Menschheit von ihren Anfängen bis in die jüngste Vergangenheit. Im Verlauf von Zehntausenden von Jahren erwanderten die Urmenschen Stück für Stück den Erdball, drangen vor bis in die Unwirtlichkeit von Wüstenstrichen und eisigem Bergland, banden Baumstämme zu Flössen zusammen und besiedelten die Inseln. Die Erkundung des Unbekannten wurde zur Leitlinie einer Erfolgsgeschichte. Einst aus purer Neugier, dem Zufall oder bitterer Notwendigkeit und Überlebenskampf entstanden, entwickelte sie sich zur herausragenden Eigenschaft der menschlichen Spezies. Selbst den modernen Menschen, der den Globus beinahe vollständig erobert und unter Kontrolle gebracht hat, treibt etwas vom suchenden Geist seiner Ahnen an, eine Mischung aus wilder Eroberungsmentalität, dem Trieb, etwas zu erforschen und einer unstillbaren Sehnsucht nach Neuem.

Die Oberfläche der Erde aber gibt sich restlos vermessen, alle Karten sind zu Ende gezeichnet, ihre Löcher gefüllt, und Satellitenbilder führen uns sogar überall dorthin, wo noch nie ein Mensch seinen Fuß auf den Boden gesetzt hat. Der Zauber des Namenlosen, der dem Kind in den Leerräumen alter Kartenwerke begegnete, ist verflogen.

Durch die Gegend, in der das Dorf liegt, das zum Ausgangspunkt der Geschichten wird, war vor Jahren ein Wanderer gezogen. Etwas vom nomadisierenden Geist seiner Vorfahren hieß ihn dann und wann aufzubrechen, um seine Heimat zu durchstreifen. Er besaß viele Landkarten und daher war ihm nahezu jedes Tal und jeder Berg bekannt – dennoch schien es, als müsse das, was auf Papier detailliert und maßstabgetreu abgebildet ist, zunächst neu entdeckt werden. Als würde dem Gedruckten erst Wirklichkeit verliehen, indem man seinen Fuß hineinsetzt und es von einem Rand zum anderen durchmisst.

Höhenlinien werden fühlbar, die Landschaft bäumt sich auf und wirft Wellen, das Grün des Waldes spendet Schatten, schwarze Rechtecke verwandeln sich in schmucke Häuser, die auf fruchtbare Felder hinausäugen oder sie starren als hässliche Betonklötze mit lebloser Fassade halbblind in die Gegend. Ein graues Gekritzel wird zur unüberwindbaren Felsbarriere, die den Weg versperrt, und ein Kreuz mit Meterzahl gibt rundherum den Blick frei. Danach verschlingt eine braun geränderte Schlucht den Wanderer und eine feine, gewundene Linie befreit ihn aus ihrem engen Rachen. Über seinem Kopf surrt eine Gerade, die mit gestricheltem Blau Hunderte von Kilovolt über das Land jagt, in gleicher Farbe windet sich ein Bachlauf durchs Weideland und bald öffnet sich unter einer hellgrünen Gruppe von alleinstehenden Bäumen der ersehnte Platz zur kurzen Rast.

Vom Antennenturm des Landessenders ist er hergekommen – von jenem weithin sichtbaren Stück nationaler Identität, das später ausgedient unter Denkmalschutz gestellt werden würde – unterwegs mit seinem Hund, einer Mischung aus Appenzeller Sennenhund und Deutschem Schäfer. Hinter seinem Rücken verwandeln sich die durchwanderten Hügel in Wolkenbänke, die sich im Dunst auflösen, legen sich die glänzenden Ovale der Seen in die Talsohle, vor ihm erwartet ihn ein langgestreckter grüner Rücken, den er zügig hinaufsteigt, geradeaus laufend – immer, wenn es möglich ist, geradeaus. Die Schritte führen in den Wald hinein, weglos durch die wogende Brandung der Bäume hindurch, und als er aus ihrem düsteren Grauschwarz unerwartet hinaus ins Freie tritt, entspannt sich der Blick und die ermüdenden Stunden der Reise fallen von ihm ab.

Vor seinen Augen liegt geglättet das offene Meer eines abendlichen Landes – ein ausuferndes Tal, dahinter ein Hügelzug, wie von feinen Händen modelliert. In der Weite abgeernteter Felder schwelen die Herbstwälder, letzte Gluthaufen des großen Sommerfeuers und bis zum Horizont dehnt sich die Welt im schwindenden Licht des Tages, natürlich, sanftmütig, pastellfarben, ein Abendland, das nichts von den modernen Errungenschaften des Westens verrät, und während er gegen Osten in das breite Tal hinabwandert, werden vor ihm die Schleier der Dunkelheit über die Welt gezogen. Mensch und Natur tauchen hinein in den ruhigen Strom der Nacht, das Licht eines beinahe gerundeten Mondes verleiht der Landschaft Gestalt, würzige Wärme schwebt über den Äckern, die Luft ist lau. Eingeladen vom Zufall findet der Vagabund ein flüchtiges Zuhause, breitet unter einem schützenden Dach den Schlafsack aus, bis der Morgen dämmert und die Wanderung ihn weiterzieht. Hier, in dieser Gegend könnte er Heimat finden, geht es ihm durch die Halbgedanken, die den Schlaf herantragen, und als er am frühen Morgen erwacht, den Weg erneut unter die Füße nimmt, ist der Landstrich zu einem vertraut anmutenden Flecken auf der Karte geworden, der ihm in Erinnerung bleibt.

◆

Jedes Mal, wenn der Wohnort wechselt, betritt man eine neue Welt. Dennoch, vorbei sind jene Zeiten, in denen es unerforschte weiße Flecken gab – längst sind alle Gegenden seit Menschengedenken bewohnt und erkundet. Im gewissen Sinne ist es auch Vasco da Gama, Fernando Magellan und all den Pionieren, die die Weltmeere besegelten, nicht anders ergangen – sie fanden Land vor, das Jahrtausende zuvor gefunden und besiedelt worden war. Weil sie selbst es zum ersten Mal erblickten und es in keinem ihrer geografischen Werke verzeichnet war, wähnten sie sich als großartige Eroberer neuer, völlig unbekannter Welten, ziemlich respektlos denjenigen gegenüber, die dort hausten und mit einer Mischung aus Erstaunen, Misstrauen oder blankem Entsetzen mitansehen mussten, wie Fremde euphorisch ihren heimatlichen Boden als ein frisch in Besitz zu nehmendes Territorium betrachteten.

Dagegen nimmt sich der Umzug in ein anderes Dorf recht harmlos aus, selbst wenn ein paar argwöhnische Nachbarn durch die Vorhänge äugen und die Zuzügler betrachten, als ob diese direkte Abkömmlinge der alten Conquistadores wären, die sich ungefragt in eine ihnen nicht zustehende Umgebung einnisten. Für die Neuankömmlinge aber bleibt eine Spur von diesem Gefühl des Entdeckens, der Eroberung, während sie ihren neuen Lebensraum in Beschlag nehmen, in eine Umgebung eintreten, die sie zuvor nicht oder nur flüchtig gekannt haben, eine Landschaft, die sich nach anfänglicher Neugier langsam, Schritt für Schritt in Gewohntes und dereinst in Altbekanntes verwandeln wird. Die ersten Streifzüge durch das unbekannte Dorf gleichen dem groben Entwurf einer neuen Landkarte, die mit jedem Rundgang genauer gezeichnet wird, bis sich mit der Zeit ein detailgetreuer, oft durchmessener Plan vor den Augen ausbreitet.

Der Wanderer aus früheren Jahren ist auf Umwegen zurückgekehrt. Nach einer Odyssee durch die Ozeane des Daseins, von Winden an launisch verspielte Küsten gelockt, auf fruchtbare Inseln verschlagen, die im Schattenriss der Gefühle zur Fata Morgana wurden, nach einer rastlosen Irrfahrt kreuz und quer durch das Land findet er Heimat. Unversehens nimmt ihn genau jenes Bild in die Arme, das ihm auf dem weiten Weg vom Nordrand des Luzernischen ins Sankt Galler Rheintal seinerzeit begegnet war. Ein mildes, einst im Abendlicht zum ersten Mal erblicktes Tal gibt seiner Suche einen Rahmen und heißt ihn als beständigen Bewohner willkommen.

Längst ist der treue Hund gestorben, der Begleiter gewesen war auf stürmischen Pfaden, das geografische Neuland vergilbter Atlanten, das in Zeiten der Kindheit seine Fantasie mit auf Reisen nahm – vom Innern des afrikanischen Kontinents, dem Pamir-Gebirge, von der Arktis bis zu den Wäldern des Amazonas – es war weggespült worden durch das, was man Wissen nennt. Der Erfahrende vermeint den Globus genau zu kennen, die große, weite Welt, die sich im Zoom von Google Earth nach eigenen Wünschen vergrößert, schrumpft und dreht, dabei jeden hintersten Winkel, jede Behausung auf diesem Erdball aus dem Unbekannten herausschält, im Detail hervorhebt und auf Befehl wieder in einer unüberschaubaren Pixelmasse ertrinken lässt. Dadurch gerät die Fähigkeit, ein Leben als Entdecker und Pionier führen zu können, in Gefahr, doch wenn es dem Sesshaften gelingt, Wanderer und Beobachter zu bleiben, ein aufmerksamer Betrachter der dörflichen Welt und der alltäglichen Räume, dann rückt die Terra Incognita in unmittelbare Nähe.

Anno 1116

Man schreibt die Zeit nach der ersten Jahrtausendwende, weite Teile Europas werden von einer Ära des Aufschwungs erfasst, mit der auch der Alpenraum wirtschaftlich und politisch an Bedeutung gewinnt. Aufbruchstimmung herrscht, neue Ideen fassen Fuß – die einen machen sich im Namen des Kreuzes auf, um im fernen Jerusalem Ungläubige niederzumetzeln, andere beginnen Handelsrouten zu erschließen und an ihren Kreuzungspunkten Städte zu gründen.

Für die Leute auf dem Land aber, die in harter Arbeit Wälder roden, Boden urbar machen und durch das Bestellen ihrer Äcker und die Viehhaltung zur Verbesserung der allgemeinen Lebensumstände beitragen, wird es zu einer Zeit anwachsender Unfreiheiten. Mit dem Übergang ins Hochmittelalter geraten zahllose Ländereien und Gutshöfe unter die Kontrolle von einflussreichen Klöstern, deren Aufstieg und Blütezeit ihrem Höhepunkt zustrebt. Kontinuierlich weitet die Kirche ihren Einfluss aus und häuft in nie zuvor gesehenem Maße materielle Güter an, mittels einer Methode, der – so simpel und durchschaubar sie zu sein scheint – sich niemand, welchen Standes auch immer, zu entziehen vermag.

Höllisch sind die Ängste vor dem Jüngsten Gericht, die der Klerus mit perfidem Eifer zu schüren vermag, und so erzittert die Schar der Gläubigen vor einem zürnenden Gott, der Sündern den Zutritt zum Himmel verwehrt. Befleckt werde der Mensch empfangen, bereits als Sünder geboren und so trägt er diese Bürde durch das Leben. Ereilt ihn der Tod, bevor er sich von dieser freizukaufen vermag, bleibt die Pforte verschlossen

– er stürzt in die Tiefe, wird verschlungen von einem teuflischen Pfuhl.

Angesichts der drohenden Hölle gedeiht der Handel mit einer den himmlischen Einlass gewährenden Sühne zu einem Geschäft erster Güte. Könige, Vögte und ländlicher Adel waschen ihr Gewissen rein, finanzieren die Gründungen von Klöstern und vermachen große Teile ihres Untertanenlandes samt seinen Bewohnern der Geistlichkeit. Im Gegenzug löscht diese die Sündenregister, garantiert den Gebenden den Aufenthalt im Reich Gottes und versichert sie eines in alle Ewigkeiten währenden Seelenheils.

Derartige Ablasshandlungen und Zuwendungen geschehen großräumig über weitreichende Distanzen, und darüber hinaus tauschen, verleihen und verpfänden Bischofssitze, Reichsklöster und Abteien ihre Besitztümer nach Lust und Laune, Land und Leute werden zur Handelsware im Machtspiel kirchlicher Würdenträger. Vielerorts hat die Kirche Herrschaft und Kontrolle erlangt, wenig verwunderlich, dass auch in dieser Gegend eine bäuerliche Hofstatt Zehnt zu leisten hat an ein in weiter Ferne gelegenes Kloster.

An einem quirligen Bächlein liegt dieses Gut, umgeben von sanft abfallenden Hängen. Generationen zuvor wurde der Wald gerodet, der Boden nutzbar gemacht, ein Garten angelegt und der Acker bestellt – jetzt tummelt sich einiges an Vieh auf fruchtbarem Land und was es des Lebens bedarf, vom wärmenden Holz über kräftige Obstbäume bis zum fischreichen Nass, liegt seinen Bewohnern greifbar vor Augen. Der Sitz ihrer kirchlichen Herrschaft aber ist derart weit entfernt, dass man die Mühsal einer mehrtägigen Reise auf sich zu nehmen hat, um dorthin zu gelangen. Oberhalb des bäuerlichen Anwesens, von dem die Rede ist, führen die Spuren vorerst durch frisch gerodetes Weideland hinauf, alsbald über waldige Anhöhen hinab in eine schattige Senke, in der sie am Ufer eines Flusses auf häufig begangene Wege treffen. Eine Furt quert den Wasserlauf und jenseits windet sich ein breiter Saumpfad den Hügel empor.

Oben angekommen, berichtet der Dorfpriester, der mit dem Segen des Herrn den beschwerlichen Weg mehrmals zu bewältigen hatte, fiele der Blick auf einen lang gezogenen See, der sich von Sonnenaufgang bis Sonnenuntergang erstrecke und dessen Wasser von am Horizont liegenden, namenlosen Gebirgsketten gespeist werde. Zwischen jenen fernen, felsigen Zacken erkenne man eine Kluft, die man einen Tag später erreiche und deren Enge man gefahrvoll mit dem Boot zu überwinden habe, auf einem schauerlichen See, der hineingezwängt unter felsige Wände jeden Gläubigen das Fürchten lehre. Liege dieser Schlund hinter seinem Rücken, erreiche der Reisende ein mächtiges Tal, stoße dort auf eine bedeutsame Handelsstraße, die zu Zeiten der biblischen Propheten erbaut worden und seit eh und je rege begangen und befahren sei. Am Morgen des vierten Tages erblicke man, behütet vom Unbill der Überflutungen, die in den Monaten der Schneeschmelze den Talgrund zur Gänze zu ertränken versuchten, hoch oben auf einer kühnen Kuppe, umrahmt von zur Himmelspforte emporragenden Felsen das stolze Kloster, dem die hiesige Hofstatt und manches Stück Land mitsamt der Kirche des Dorfes im Namen des Allmächtigen untertan sei.

Mit Fug und Recht kann man annehmen, dass die Bauernfamilie und ihr Gesinde, die dieses unweit des örtlichen Gebetshauses gelegene Gut bewirtschaften und diese abenteuerliche Wegschilderung zu Ohren bekommen, jene sagenhafte Abtei im seit biblischen Zeiten begangenen Tale samt ihren Obrigkeiten, denen sie treu Tribut zu leisten haben, nie mit eigenen Augen erblicken werden, und außer dem Pater keiner im Dorf Kenntnis hat von diesem Kloster und dem Landstrich entlang des gewaltigen Flusses, der sich zu Füssen jener kirchlichen Herren ergießen soll.

Führen die Dorfbewohner ihr Vieh zur Tränke, bieten sich ihnen zahlreiche Rinnsale und Wasserläufe, die in den Wäldern oberhalb des Weilers ihren Ursprung haben. Der Lauf des mittleren Baches führt nahe an ihrer Wohnstatt vorbei und folgt dem Weglein hinab zur Kirche. Hier schöpfen sie Wasser, waschen die Kleidung, ihre Kinder plantschen im Nass und versuchen die Fische mit bloßen Händen zu fangen.

Gemächlich schlängelt sich der Bach davon, windet sich in üppigen Schleifen durch die Auen, bahnt sich seinen Weg durch die grüne Flur ins sumpfige Riedland hinunter, wo er auf einen breiten Strom trifft. Wohl bekannt ist dieser Fluss den Bewohnern aus den umliegenden Weilern, und mancher begegnet ihm mit Respekt, setzt auch er in Frühsommer das Land weitläufig unter Wasser, doch einem Vergleich zu jenem vom Kirchenmann geschilderten scheint er nicht gewachsen. Entlang seines Laufes aber sind die Wege und Siedlungen der Bevölkerung vertraut, etliche Stunden gegen Norden und ebenso der Gegenrichtung folgend, wo bald darauf die Wasser eines Bergsees die Wege blockieren.

Trotz manch ausgedehnten Wanderungen in die vier Richtungen des Himmels ist der Landbewohner jener Tage der Geografie seiner Heimat und ihrer großräumigen Zusammenhänge unkundig. Niemand besitzt das Wissen davon, wohin die Wasser fließen, und wie erstaunt wären die hiesigen Bauersleute, erführen sie, dass das plätschernde Nass, mit dem sie ihr Vieh tränken, talabwärts Teil wird von jenem Strom, den der Kirchenmann anschwellen ließ, sich in diesen ergießt und mit ihm vereinigt. Gemeinsam strebt das Badewasser der Bruderschaft im Bergkloster mit dem Wasser ihres Bächleins durch fremde Reiche niederen Landen zu, um sich hinter allen Ufern in einem orkangepeitschten Ozean zu verlieren, den weder sie, die einfachen Bauern, noch die belesenen Mönche des Klosters je zu Gesicht bekommen. Die einen mögen durch sagenhaft anmutende Erzählungen von der endlosen Weite und Wildheit unerforschter Weltenmeere gehört, andere, von Amtes wegen schriftkundig und der lateinischen Sprache mächtig, davon gelesen haben.

Noch weitaus weniger, als dass die damaligen Dorfbewohner umfassendes Wissen über die räumlichen Dimensionen der Erde hätten erlangen können, war es ihnen und ihren Nachfahren möglich, die Bedeutung der Zeit zu erfassen. Da helfen keine Uhren, hilft kein Kalender – ihr endlos unaufhaltsamer Lauf verschlingt das Dasein, macht alles, was geschieht, zu Vergangenem, an dem sich niemand festhalten, in das niemand zurückkehren kann. Dabei schiebt derselbe Lauf der Zeit unaufhörlich eine Zukunft vor sich her, und diese bleibt selbst dem Eilenden so weit voraus, dass er sie niemals wird erreichen können.

Wie hätte da der einfache Landmann im Winter des Jahres elfhundertsechzehn, er, der sich auf einem Flecken Land abrackert, das nicht ihm, sondern irgendwelchen Herren im Namen Gottes gehört, wie hätte dieser Bauer erahnen können, dass die Verbriefung der Leibeigenschaft, die er geduldig erträgt, dereinst Anlass geben würde zu einer ausgedehnten Feier mit allerlei Festivitäten – in einer Epoche, in der den Klöstern Bedeutsamkeit und Besitztum längst abhandenkamen und man bereits ein anderes Jahrtausend schreibt? Weder die Zeitlosigkeit seines schlichten Daseins, in dem ein Tag dem anderen ungezählt die Hand reicht, noch die Ewigkeit, von der der Priester sonntags in der Kirche predigt, lassen vorhersagen, was die Zukunft bringen wird. Aber in der Art, wie die Wasser der Bäche und Flüsse zusammenfinden, um gemeinsam in die Grenzenlosigkeit der Meere zu münden, ohne dass ihre Quellen voneinander Kenntnis bekommen – in gleicher Weise entwickeln und verweben sich die Erlebnisse der Menschengeschlechter über Generationen zu dem, was man im Nachhinein Geschichte nennt.

So geschieht es, dass Chuonrat, jener Bauer, der besagten klösterlichen Besitz zu bewirtschaften hat, in den Abendstunden des neunundzwanzigsten Januars im Jahre elfhundertsechzehn aus dem unweit von seinem Gehöft gelegenen Wald heraustritt, ein Bündel trockenes Holz auf der Rückentrage. In zwei Tagen wird der Mond voll sein und das Licht des Erdtrabanten, bereits ist es eine gute Handbreit über die Hügel gestiegen, weist ihm den Weg hinab zur Hofstatt. Er liebt Nächte wie diese, in denen die winterliche Dunkelheit ihre Schrecken verliert, in denen, wenn überall Schnee liegt wie heute, die Stille in einem silbrigen Glanz erstrahlt gleich einer fernen Welt, die nicht irdischen Ursprungs ist. Glitzernde Eiskristalle knirschen unter seinen Füssen, mattweiße Bergketten säumen den Horizont und im Gestrüpp, das den schmalen Pfad säumt, spielen seltsame Schattengestalten mit dem Nachtwind. Gut gesinnt sind sie ihm heute, diese Geister, vielleicht weil morgen Sonntag, der Tag des Kirchgangs ist. Kurz hält er inne, will die Last auf seinem Rücken ein wenig zurechtrücken, doch er entscheidet sich anders, stellt die Trage ab, setzt sich auf das Bündel Holz und lässt den Blick über die gefrorene Landschaft gleiten.

Ähnlich, geht es ihm durch den Sinn, muss die Zeit Gottes aussehen, von der der Pater morgen wieder sprechen wird, dieser himmlische Raum, von dem niemand so richtig weiß, was er bedeutet, weder er, seine Familie, noch der Kirchenmann selbst. Genauso strahlend weit und silberfarben, dunkel-leer und mit weichem Licht gefüllt, nur wärmer müsse er sein, dieser letzte Hort, damit man sich dort wohlfühlen könne, dann, wenn der Allmächtige einen zu sich ruft. Warm, wie es der Greis prophezeite, der vergangenen Spätsommer im Ort auftauchte und den Anwohnern mitteilte, er sei gekommen, um für sie die Zukunft zu schauen. Allerdings war er, nachdem er seine Zuhörer neugierig gemacht hatte, nur gegen Entgelt eines jungen Ferkels bereit zu sprechen, weshalb der Bauer dem Fremden eines überließ, das eigentlich als Abgabe für den Mönchsorden bestimmt gewesen war. Darauf nahm der Weißbärtige neben ihm Platz auf dem wackligen Brett vor der Hühnerhütte. Den Wanderstab behielt er in den Händen, hin und wieder unterbrach er den Fluss seiner Worte, wies mit dem Stock in die Ferne, als wolle er dadurch dem Gesagten zusätzlich Nachdruck verleihen.

In seinem vom Wetter gegerbten, alterszerfurchten Gesicht lag ein waches Augenpaar, funkelnd, als hätte es alle Zeiten unbeschadet überstanden, und über seine windrauen Lippen kamen allerlei seltsame Worte, die sich zu unterschiedlichen Szenen fügten, bildhaft aneinandergereiht wie Stationen auf einem Kreuzweg, nur schienen sie aus einer anderen Welt zu stammen, einer, die weniger mit Schmerz und Leiden verbunden war als der Weg Jesu Christi. Da waren Bildnisse vom Aufstreben fremder Mächte, der die Vereinigung aller Talschaften folge, Geschichten von einer Freiheit, die den einfachen Bauern dereinst zuteilwerde. Zahlreiche Karren und Fuhrwerke zögen auf einer neu errichtenden Handelsstraße vorüber und allerlei Arten von Arbeit und Auskommen brächten sie mit sich. Und den Menschen stehe eine Zeit der Wärme bevor. Der wenige Schnee werde manches Jahr schon im Dezember dahinschmelzen, das Obst im letzten Wintermond in voller Blüte stehen, und dadurch werde, fügte der Alte an, ließ den Stock ruhen und wandte ihm den Blick zu, die Feldarbeit seiner Kindeskinder und deren Kinder reiche Ernte bringen. »Von Geschlecht zu Geschlecht werden sich deine Nachfahren vermehren und sie werden Wohlstand und Ansehen erlangen.«

Mit diesen Worten versank der Alte in Schweigen und nach einer Nacht im wärmenden Heu war er vor Morgengrauen samt dem Schweinetier auf und davon.

Während der Bauer das Bild vom Wohlstand und der Freiheit als reine Gaukelei abtut, als bloße Gefälligkeit, die den Preis des Ferkels rechtfertigen sollte, lassen ihn die Worte von den milden Wintern nicht mehr los. Unablässig kehren sie in seine Gedanken zurück, begleiten ihn in die kalten Monate hinein, sind doch drei der Kinder, die seine Frau zur Welt brachte, in den Tagen und Wochen kurz nach der Geburt wieder genommen worden, während dieser finsteren Jahreszeit, ihrer erbarmungslosen Unwirtlichkeit und schwächenden Kälte. Die drei unschuldigen Seelen, erlöst vom irdischen Leiden, seien jetzt dort, wo die Hand des Allmächtigen für immer die Zeit anhalte, damit diese nie zu Ende gehe. So erklärte der Pater die Ewigkeit, als er ihn einmal nach der Messe etwas verlegen fragte, wo sie denn sei und wie sie aussehe, diese göttliche Zeit, in der ihre zwei Buben und das am Tag der Geburt hingeschiedene Mädchen Frieden gefunden hätten. Die Antwort war zögerlich erfolgt, mit einer Spur von Unsicherheit, die verriet, dass selbst der Mann Gottes im Priestergewand, einer, der alle Verse der Bibel kennt, darüber hinaus zu lesen und schreiben versteht, dem auch bekannt ist, wo die Abtei liegt, der er, der einfache Landmann, zugehörig und zinspflichtig ist, dass auch dieser nicht wahrhaft Bescheid weiß um das, was man die ewige Ruhe nennt. Schon gar nicht, wie sie aussehen könnte. Und dass sie mild sein müsste, warm und einladend, wie jene kommenden Zeiten, von denen der Wahrsager sprach.

Nun, mitten im Innehalten in der mondhellen Nacht, breitet sich etwas Unerklärliches vor ihm aus, wenig wirklich und dennoch wie zum Greifen nah. Die sanft geschwungenen Wellen der Schneeberge beginnen von einer Zeit zu erzählen, die länger währen muss, als wenn man tausend Sommer aneinander reiht und ebenso viele Winter hinzufügt. Und vor diesen altersfernen, uralt gewordenen Gebirgen liegt die Talschaft träge im Mondschein, dehnt sich wie ein grenzenlos in die Ferne fließendes Land, das auch in tausend Tagen keine Menschenseele würde durchwandern können. Über dieses Gleichnis, das sich in seinen Gedanken vor ihm auftut, ziehen da und dort feine Schleier von Nebel, die ihm mehr und mehr die Gewissheit verschaffen, dass das, was er erblickt, nicht länger die ihm vertraute Heimat sein kann.

Ein Schauder durchfährt ihn und mit einem Male erkennt er, was ihm entgegenblickt. Es ist nichts weniger als die Ewigkeit. Unbeabsichtigt, unvermutet ist sie an ihn herangetreten, mit dem Hineinatmen in die Winternacht hat das Unbegreifliche, Unfassbare Gestalt angenommen und ist in seinem Zählen von tausend Jahren, Sehen von tausend Meilen zur Wirklichkeit geworden. Und Tausend ist die größte Zahl, die er je in den Mund genommen hat, auch wenn er ihre Bedeutung bis anhin nie hat verstehen können. Als er den Blick hebt, sieht er, dass es tausend Sterne sein müssen, die über seinem Kopf ans blass-schwarze Firmament geheftet sind, und wie sie auf ihn herabschauen, ahnt er, dass auch sie Zeugen sind von mindestens so vielen Jahren und noch weit mehr.

»Ja«, spricht er im Innern zu sich selbst, »nun weiß ich, wo
meine verlorenen Kinder weilen und wann ich sie eines Tages
wiedersehen werde.« Schweigend verharrt er in der Winternacht, ergriffen von etwas Neuem, Fremdem, das ihn alle
Kälte vergessen lässt.

Als irgendwo ein Wolf heult, schrickt er zusammen. Stück
für Stück kehrt die Erinnerung zurück, an die Trage mit
Brennholz, eine Frau, die auf ihn wartet, Kinderstimmen, eine
Holzschüssel mit heißer Suppe, Heugeruch und wärmende
Bettstatt. Langsam, wie aus einem Rausch erwacht, richtet er
sich auf, spricht wortlos ein Dankesgebet in die eisesklare
Nacht. Nun lädt er die schwere Last wieder auf und nimmt das
letzte Stück des Weges unter die Füße. Die Leichtigkeit seiner
Schritte scheint den Boden kaum zu berühren und die
Geräusche, der klirrende Schnee, vermengt mit dem Knarren
der Holzprügel auf seinem Rücken klingen wie ein Ächzen
und Jammern einer Zeit, die, nachdem sie vollkommen zum
Stillstand kam, sich nur zögernd in Bewegung setzt. Baum für
Baum, Hügel um Hügel nimmt die Umgebung bekannte
Formen an, und als er sich der Wohnstatt nähert, hört er die
Sau grunzen, die hinter dem Hühnerschopf unterm Bretter-
schutz liegt, dahinein mischt sich das verschlafene Gackern
der Federvögel. Gleich einem Rückkehrer von einer langen
Reise fühlt er sich, reich an Erfahrung, wie jene Händler, die
mit Pferd oder Esel, beladen mit Waren unterwegs sind, und
während sie Rast machen in den Dörfern geschwätzig man-
cherlei Geschichten erzählen und damit die Leute unterhalten.
So denkt er, wolle er seinem Weib berichten von dieser Ewigkeit, die er soeben zu Gesicht bekommen habe. Doch am
Gatter vor dem Haus angelangt, verwirft er den Gedanken.

»Chuonrat«, würde sie sagen, »Mann, sprich kein wirres
Zeug. Du erschrickst die Kleinen damit, und auch der Pfarrer

mag es nicht, wenn wir mehr zu wissen vermeinen, als Gott es erlaubt.« Demnach täte er besser daran zu schweigen und das Erlebte für sich zu behalten. »Aber Kinder«, denkt er noch, „die erschrecken nicht, wenn von Unbekanntem, Fabelhaftem die Rede ist, sie lauschen gespannt und verlangen nach mehr. Es sind doch die Alten, die sich vor dem Neuen fürchten, und mit ihnen diejenigen, die glauben, sie hätten bereits Kenntnis von allem.«

Als er auf der Schwelle steht, wendet er sich noch einmal der mondbeschienenen Landschaft zu, die nun wieder die vertrauten Züge trägt. In diese heimatliche Nähe hinaus spricht er und lauscht erstaunt den Worten, die über seine Lippen kommen: »Heute ist ein ganz besonderer Tag, ein großartiger, der niemals in Vergessenheit geraten wird. Es ist ein Tag, der tausend Jahre sichtbar macht. Ist der Tag, an dem die Ewigkeit einen Namen erhält.«

Es sollten Jahrhunderte verstreichen, bis etwas von diesen Worten, die niemand außer er selbst gehört hatte – weshalb sie auch nicht in Vergessenheit hätten geraten können – wieder in das Bewusstsein der Menschen tritt. Das Mittelalter hatte Veränderungen gebracht, mit denen das Leben aufblühte. Fremde Mächte hatten einander bekriegt und das Amt, in dem das Dorf lag, war Teil eines neuen Staatenbundes geworden. Der Weg, der nicht weit von seinem verfallenen Hof vorüberführte, wurde ausgebaut, Ochsenkarren, Pferdefuhrwerke und Kutschen passierten die Siedlung, wenn sie von Stadt zu Stadt zogen, beladen mit Handelswaren, Reisenden und wichtigen Männern. Sorgenfreier war das Dasein, die Familien mehrten sich, einfache Bauersleute lebten zwar meist immer noch in Abhängigkeit von Landbesitzern, waren aber vom Joch der Leibeigenschaft befreit, dennoch blieben

Wohlstand und Ansehen – anders als dereinst prophezeit – nach wie vor nur wenigen vorbehalten.

Später wichen diese milden Zeiten einer wahrhaft unwirtlichen Eiszeit, die der greise Seher nicht hatte voraussagen können, und mit ihr kehrten Hunger, Kargheit und Armut zurück. Als auch diese beschwerliche Epoche in der Vergangenheit versunken ist, der alte Handelsweg seine Bedeutung verloren hat und oberhalb der ehemaligen Hofstatt, in der Nähe der Stelle, wo bei Mondlicht die Geister spielten, einmal jährlich ein Freudenfeuer entzündet wird, um jenes neuen Staatenbundes zu gedenken, der mittlerweile schon mehr als siebenhundert Jahrringe trägt, da erinnern sich die Bewohner des Dorfes an die Bedeutung des neunundzwanzigsten Januars elfhundertsechzehn und erklären jenen Tag – den gleichen, an dem der Bauer Chuonrat der Ewigkeit begegnete – zum Entstehungsdatum ihrer Wohngemeinde.

Auf diesen Tag und dieses Jahr datiert die Urkunde, in der das Kloster, dem Chuonrat seinerzeit untertan gewesen war, seine Besitztümer festhielt, wobei Hofstatt und Kirche erstmals unter dem Namen erwähnt wurden, den das Dorf bis heute trägt. Und damit wird dieser mittelalterliche Wintertag zum Ausgangspunkt für die Festivitäten zum neunhundertjährigen Jubiläum des Dorfes werden, völlig ungeachtet dessen, dass es mit Sicherheit weitaus früher gegründet wurde und sein Name selbstverständlich vor diesem Datum geläufig gewesen sein musste, weshalb es in der Urkunde dementsprechend benannt wurde. Was aber nicht mit Worten und Zahlen belegt ist, dem schenkt der Mensch wider besseres Wissen keinen Glauben, weshalb es auch nicht gefeiert werden kann. Ohnehin hätte man um ein Haar, wovon später die Rede sein wird, statt neunhundert sogar tausend Jahre feiern können, was die Bewohner des Dorfes als noch bedeutsamer empfunden hätten.

Ganz wie der Leibeigene von dazumal sind die Menschen auch heute noch fasziniert von dem Zahlenwert, gebildet aus einer Eins gefolgt von drei Nullen, auch wenn sie dabei nur ausnahmsweise an Jahre, Meilen oder Sterne denken. Am liebsten tragen sie diese Tausend in Form von Geld auf dem eigenen Leib und darüber hinaus wünschen sie sich den Gegenwert von diesem bunt bedruckten Papier noch weitere tausend Mal auf ihrem Bankkonto. Als ob sie damit das Rätsel um die Ewigkeit lösen könnten.

Menschwerdung

Ordnung muss sein. Deshalb klassifiziert der Mensch alles, was er zu Gesicht bekommt und auch die eigene Spezies verschont er nicht. Das führe zu besserem Verständnis der Dinge, argumentieren diejenigen, die in diesem Unterteilen und Einordnen ihre Berufung erkennen. Andere, die sich mit weniger Details wohler fühlen, meinen, es sei sinnvoller, man versuche, die Welt als Ganzes zu begreifen. Kosmos oder Chaos, eine Streitfrage, die mit den Debatten von Denkern und Philosophen in der Antike ihren Anfang nahm und bei den Auseinandersetzungen zwischen Eltern und ihrem Nachwuchs im Kinderzimmer endet.

Als Sieger geht – wenn auch nicht immer zweifelsfrei – die Ordnung vom Platz. Die Ganzheit zuerst akribisch aufzuteilen und anschließend all ihre Bestandteile mit Perfektion zu sortieren, ohne dabei die Übersicht zu verlieren, wurde zur akademischen Pflicht. Dadurch wird Wissen erst zur Wissenschaft und die Welt übersichtlich. Kategorien, Subkategorien, Gruppen, Untergruppen, Familien, Stämme für alles, was da kreucht und fleucht – in der richtigen Schublade untergebracht hat alles seinen Platz. Auch wenn man es hinterher nicht mehr finden kann. Die wichtigste Voraussetzung aber, zuerst muss jedem Ding und jedem Wesen ein unverwechselbarer Name zugeteilt werden, am besten ein lateinischer, sonst kann es weder eingeteilt noch eingeordnet werden.

Da liegt es auf der Hand, dass es nicht ausreicht, wenn Eltern ihren Nachwuchs Eva oder Adam nennen, denn die beiden sind verwechselbar, vermutlich nicht miteinander, aber mit ihren zahlreichen Namensvettern. Der Staat, der seine Einwohner identifizieren will, hilft sich deshalb auf eine namenlose, etwas pietätlose Art, er nummeriert sie. Sogar den Dorfbehörden ist es egal, wie ihre Bewohner heißen – erst nachdem die entsprechenden Nummern gespeichert sind, wissen sie, wer in ihrer Gemeinde zuhause ist. Das war natürlich nicht immer so, es gab Zeiten, als man einfach der Niklas von der Flüe oder die Anna ab der Halden sein durfte, vorausgesetzt das entsprechende Haus stand bei der Fluh oder auf der Halde.

Der Systematik der Biologie aber sind sowohl persönliche Namen wie offizielle Nummern egal. Trotz ihres Bestrebens alle Formen des Lebens möglichst genau zu unterscheiden, kümmert sie sich in keiner Weise um unsere Namen und darum, ob wir Menschen von heute oder solche von vorgestern sind. Weder Nikolaus noch Anna spielen eine Rolle, auch Adresse und Art der Behausung nicht. Heimet auf der Halde, Appartement achthundertacht, Jurte rechts oder Iglu hinter dem Eisberg, für die Naturwissenschaft sind solche Angaben restlos uninteressant, denn jede und jeder ist für die Biologen – was der Gleichstellungsparagraph nie wird erreichen können – vollkommen gleichwertig, eingeteilt und benannt als Homo von den Hominiden. Oder auf Deutsch: wir alle sind Menschen aus der Familie der Menschenaffen.

Dieser Umstand könnte viele Dinge einfacher machen. Im Dorf werden alle Schilder ausgewechselt und an Briefkästen, über Türglocken, auf Namenstafeln steht überall »Homo Hominide« plus die dreizehnstellige Nummer der Alters- und Hinterlassenen-Versicherung. Das genügt und jedes Individuum ist eindeutig, unverwechselbar klassifiziert, identifiziert und eingeordnet, sowohl für den Staat wie auch im Sinne der Wissenschaft. Eine enorme Erleichterung für Neuzuzüger, denn sie müssten sich weder den Nachbarn vorstellen noch diese fragen, wie sie heißen. Biologie und Bürokratie würden sozusagen den Urzustand der Menschheit wieder herstellen, das einstimmige Miteinander in einer Sippe, wo alle untereinander verwandt sind und jeder jeden von Beginn an mit Namen kennt.

In den von der Gemeinde verpachteten Gemüsegärten, da kennen sich ebenfalls alle. Vielleicht sollte es im Dorf deshalb mehr Parzellen geben, auf denen gemeinsam Grünzeug gepflanzt wird, jedem ein Stück Boden, ohne Zaun dazwischen, ohne Grenz- und Stolpersteine. Damit haben nicht nur alle das gleiche Unkraut, sondern auch einen Lebensraum, der verbindet, selbst wenn dies nur wenige Stunden pro Woche geschieht, beschränkt auf die Zeit zwischen Frühlingserwachen und neblig-grauen Spätherbsttagen. Ein eigener Garten gilt nicht als Ausrede für ein Fernbleiben vom Gemeinschaftsgarten, denn dort bleibt man mit der Arbeit und sich selbst allein.

Oft mähe ich den Rasen, schnipple da und dort an den Rosen, zupfe ein paar von den Kräutern heraus, die sich wider meinen Willen zwischen den Blumen einquartiert haben. Ganz für mich. Gartenarbeit empfinde ich ein wenig als Meditation. Nur den Rasenmäher nicht, der schrecklich kreischt, weil das Messer sich an Steinen und Wurzeln krumm geschlagen hat. Aber auch daran kann man sich gewöhnen. Kommen die gleichmäßigen Bahnen dazu, die sich ruhig nebeneinander legen, hin und her, eine geschoben, die nächste gezogen, kehrt dabei das Meditative zurück und der Lärm geht vergessen. Nur der Nachbar hört ihn noch.

Wenn aber jemand drüben im Areal der Schrebergärten auf seinem Feld etwas tut, stelle ich den Motor ab und schaue nach meinen Beeten dort. Eigentlich nur als Vorwand, um kurz ins

Gespräch zu kommen, der Gemeinsamkeit halber, nicht, um zum vierten Mal nachzuschauen, ob die Kohlrabi heute grösser geworden sind. Obschon dies gleichwohl geschehen kann. Manche meinen dann, ich sei einer, der das Gras wachsen hört oder anderweitig verrückt. Wie die buddhistischen Mönche, die den lieben langen Tag im Zengarten Kies harken, statt in althergebrachter Art produktiv zu sein und damit etwas Sinnvolles zu leisten. So wie es zum Beispiel der Arbeiter tut auf dem Garagenvorplatz nebenan, der seit einer Viertelstunde mit dröhnendem Laubbläser einzelnem Blattwerk hinterherläuft. Weil es windig ist, fliegt ihm das Zeug immer wieder davon, bevor er es erreicht. Doch davon lässt er sich nicht beirren, gemächlichen Schrittes bläst er seine laute Luft dem Wind und der Leere entgegen. Ich möchte hinüberlaufen, ihm sagen, was für ein Schwachsinn das sei, für nichts und wieder nichts Lärm zu erzeugen und dabei Energie zu verbrauchen, ohne dass sein Tun irgendein Resultat hervorbringt. Aber das geht nicht, denn er ist vom Liegenschaftsservice und im Tagesbefehl steht, nachmittags am dritten bei Block fünf vor den Garagen das Laub. Deshalb ist er da, tut seine Pflicht, selbst dann, wenn weit und breit kein einziges Blatt vorhanden ist. Das nennt man Zuverlässigkeit. Zudem handelt es sich um Lohnarbeit, und die ist – egal ob von Nutzen oder nicht – immer in Ordnung. Also lasse ich ihn gewähren, obwohl ich denke, es wäre umweltverträglicher, er würde meinen Kohlrabi beim Wachsen zuschauen.

Auch mir hat man einst beigebracht, dass Arbeit moralisch wertvoller sei als Müßiggang. Weshalb ich nach ein paar Worten mit der Gemüsenachbarin wieder zum Rasenmähen zurückkehre. So bleibt mir wenigstens der Lärm vom Laubbläser erspart. Die Gärtnerin, die aus einem weit entlegenen Land zugezogen ist, hat es besser. Wo sie herstammt, gibt es

keine überflüssigen Maschinen. Die nächste Hauswartungsfirma ist mindestens hundert Kilometer entfernt. Darüber
hinaus würde sie keinen anstellen, damit er von Ort zu Ort
fährt, um mit einem umgedrehten Riesenstaubsauger dem
Nichts hinterherzulaufen. Dort, wo ihre Heimat liegt, rennen
noch die Kinder mit den Winden um die Wette.

Hart arbeiten sie und ihre Verwandten, oft von Beginn der
Morgendämmerung bis über den Rand der Nacht hinaus.
Nichtstun bleibt dabei ein stets willkommener Gast. Die Moral
wendet sich – man hört sofort auf zu arbeiten, wenn es um
Begegnung geht, denn kommt jemand auf ein paar Worte
hinzu, wäre es ausgesprochen unhöflich, ihm die Gemeinsamkeit zu verweigern und stattdessen stur an der Arbeit
festzuhalten. Demgemäß lassen sie ihre jeweilige Tätigkeit
ruhen, denn was man zu tun hat, läuft bekanntlich nicht
davon.

Da steht sie mitten im Gemüse, diese Frau, mit einer ihrer
Landsfrauen, die dort ebenfalls eine Parzelle bewirtschaftet,
und die beiden reden miteinander. So lange, dass inzwischen
die Kohlrabi gewachsen sind. Erst mit den Schatten der
hereinbrechenden Nacht setzen beide ihre Arbeit fort, die
geduldig auf sie gewartet hat. Sie sind die einzigen, die in der
warmen, gründuftenden Dunkelheit bis zu später Stunde im
Gemeinschaftsgarten anzutreffen sind. Bei anderen steht um
diese Zeit im Terminkalender, dass sie die nächste Folge ihrer
Lieblingsserie oder die Live-Übertragung eines Fußballspiels
nicht verpassen dürfen.

◈

Bevor der Mensch zu seiner offiziellen Bezeichnung kam,
haben Gelehrte seine Spezies und ihre evolutionäre Entwicklung genau beobachtet, bis sie nach ausgiebigen Studien im
Stande waren, diesem Lebewesen und damit auch sich selbst

einen wissenschaftlich korrekten Namen zu geben. Seither ist jeder ein Homo – lateinisch für Mann – auch wenn es sich um eine Frau handelt und ohnehin niemand mehr Latein spricht. Die antiken Römer, die bei dieser Namensgebung Pate standen, konnten nichts dafür, dass eines Tages die Franzosen das »h« am Anfang eines Wortes nicht aussprechen werden. Damit laufen diese Gefahr, sich mit einem ähnlich lautenden Waschmittelprodukt zu verwechseln, obwohl der Mensch ein Lebewesen ist, das seine Umgebung beileibe nicht rein hält, sondern unverkennbar der einzigen Gattung angehört, die den Globus hemmungslos verdreckt.

Lange bevor er zum Umweltverschmutzer mutiert, betritt dieser Homo oder Omo die Bühne der Welt, vorerst unauffällig, bestens in die natürliche Umgebung integriert. Stufe um Stufe reift er zu demjenigen heran, der sich die Zeit damit vertreibt, solche Texte wie diesen zu schreiben, zum Mond und zurückzufliegen, ohne etwas Gescheites für die Kleinen zuhause mitzubringen, und dem mit Hilfe von Natur und Nahrungskette das Kunststück gelingt, den Plastiksack vom Supermarkt an der Ecke beim Postamt im Magen eines Walfisches in der Antarktis wiederzufinden.

Dieser allmähliche Fortschritt wird in zeitlicher Reihenfolge dokumentiert durch das Hinzufügen von Fähigkeiten, die sich der Homo im Laufe seines Werdegangs nach und nach aneignete und im Schulunterricht unter dem Begriff Evolutionsgeschichte gelehrt. Außer im mittleren Wilden Westen, weil es den Amerikanern an manchen Orten auf Grund der Bibelauslegung strikt verboten ist, sich in irgendeiner Form weiterzuentwickeln.

Zu Urzeiten taucht zuerst ein Homo erectus auf, der so benannt wurde, weil er aufrecht steht, damit er sich gegenseitig mit den Vorderbeinen die Hand schütteln kann, gefolgt vom Homo sapiens, dem Weisen, der nicht nur aufrecht stehen und irgendwo hingehen kann, sondern sich dabei sogar etwas denkt. Die finale Eroberung der Welt und deren Globalisierung, die sollte erst seinem Nachfolger gelingen, dem Homo sapiens sapiens, dem doppelt Klugen, der vor lauter Weisheit und ständigem Denken kaum mehr laufen kann und daher meist fahrend unterwegs ist.

Das Rad der Zeit lässt sich nicht zurückdrehen. Es bleibt nichts anderes übrig, als zu akzeptieren, dass man zu den Menschen gehört, denen Weisheit und Vernunft gleich in doppelter Ausführung mit auf den Weg gegeben wurde. Die vordringliche Lebensaufgabe besteht nun darin, darauf zu achten, dass man das Laufen nicht ganz verlernt und seinen Gedanken nicht das doppelte Gewicht verleiht, denn dadurch würde der Kopf derart schwer werden, dass die Füße ihn nicht mehr tragen könnten und der Mensch auf allen Vieren mit der Evolution von vorne beginnen müsste.

Kollektives Bewusstsein und gemeinsames Handeln haben unsere Entwicklung vorangetrieben. Zusammengehörigkeit hat die Menschheit begleitet seit ihren Anfängen, in Nomadenleben und Sesshaftigkeit, über die weitläufigen Wanderungen bis zum Wandel verschiedener Siedlungsformen. Diejenigen, die nebeneinander wohnen, genauso wie diejenigen, die miteinander umherziehen, sie kennen einander. Alle wissen voneinander und voreinander haben sie nichts zu verbergen. Sippe, Clan oder Gruppe, denen sie angehören, sind weitaus wichtiger als der Einzelne. Gemeinschaften bilden die Grundlage für Ernährung, Familie, Sicherheit, bestimmen das Leben und ermöglichen seinen Fortbestand. Sie prägen den Sinn für das Dasein und sind die Wiege des modernen Menschen. Das Ich bleibt unentfaltet, denn die ungeheuren, persönlichen, oft maßlosen Bedürfnisse des Egos darf die Evolution gar nicht zulassen. Ein Homo voller Ichgefühle wäre ausgestorben, lange bevor man dessen Bedürfnisse erfolgreich hätte vermarkten können.

Über Hunderttausende von Jahren hat dieses Erfolgsrezept Bestand, bis ein gewaltiger Tsunami darüber hinwegfegt und binnen weniger Millennien dem alten Homo den Todesstoß versetzt. Anwachsendes Wissen verbindet sich mit dem unwiderstehlichen Drang nach Macht, unter ihrem Druck bröckeln die Gemeinsamkeiten, beginnen zu zerfallen. Die Devise »divide et impera«, teile und herrsche, zerreißt die Menschheit und spült rücksichtslos alle bewährten Lebensformen weg. In der abebbenden Flut heben sich Einzelne aus der Masse empor und spalten die Zurückbleibenden und im Interesse dieser Mächtigen wachsen immerfort komplexer werdende Hierarchien und Staatsgebilde heran, dazu gibt die fortschreitende Urbanisierung dem gemeinschaftsgewohnten Urmenschen den Rest. Jener zu Babel erbaute Turm aus dem Alten Testaments wird die Heimat eines neuen Menschen: des Homo incognitus.

Der unbekannte Mensch. Er sitzt am Morgen in der S-Bahn und fährt zur Arbeit. Der örtliche Bahnhofschalter wurde längst geschlossen. Draußen haben Ticketautomaten einen Teil der Arbeit übernommen. Das Innere ist in einen Laden umgewandelt worden, in dem wechselndes Verkaufspersonal eine wachsende Kundschaft bedient. Auf dem leeren Flachdach darüber lag früher die Terrasse des Bahnhofvorstandes. Eine Reihe von dekorativen Topfpflanzen stand dort, andere unten vor dem Eingang zum Schalterraum. Einmal war ich zum Abendessen auf dieser gemütlichen Aussichtsplattform, über den Gleisen eingeladen von ihm, der über den Gleisverkehr wachte, im Winter den frisch gefallenen Schnee wegschaufelte und an Sommertagen die Blumen zurechtrückte. Damals grüßten er und seine Frau die Dorfbewohner, wenn sie in der Frühe wegfuhren oder abends wieder heimkehrten. Man kannte sich gegenseitig.

Steht die Gattung Homo incognitus auf dem Bahnsteig, ist der Schnee nur notdürftig zur Seite geschoben und Blumen sind bloß noch im Laden zu haben, gegen Bezahlung natürlich. Begrüßt wird niemand, es wäre nahezu lächerlich, wenn einem jemand die Hand schüttelt, während man in die Gratiszeitung vertieft ist, oder dreinredet und dadurch die intime Beziehung stört, die man mit dem Smartphone pflegt. Zugfahren in den Zeiten des neuen Menschen ist eine seltsame Angelegenheit. Nur missmutig wird die Gegenwart der Anderen geduldet, selbst der eigene Rucksack hat mehr Rechte als ein Fremdling, der auf der Suche nach einem Sitzplatz ist.

Die Anstandsregeln dieses öffentlichen Verkehrs wollen erlernt sein. Wer wie ich ungeübt im Bahnfahren ist, begeht einen Fauxpas nach dem anderen. Beim Hinsetzen in eine Viererbox, von der eine Person Platz ergriffen hat, sage ich zwei vollständige Sätze. Etwas Begrüßendes und etwas den Morgen betreffend. Man schaut mich derart strafend an, dass ich zögernd begreife, zwei Worte sind bereits deren drei zu viel. Beim Seitenblick auf die Zeitung eines Nachbarn wirkt der zuvor mürrische nun sichtlich verärgert. Er hat mich beim Diebstahl von seinen Buchstaben ertappt. Unmerklich verändert er seine Position, um mich von weiteren Straftaten abzuhalten.

Wenn ich unter Leuten bin, blicke ich mich gerne um. Dort ein sinnlicher Anflug von Schläfrigkeit, daneben jemand konzentriert ins Lernen versunken, woanders ein nachdenklicher Morgenmund, dem eigentlich ein verspieltes Lächeln besser stünde, da jemand, der immer wieder Hose und Jackett zurechtrückt, vielleicht unterwegs zu einem wichtigen Termin – Menschen so wie ich, mit vielen Gesichtern. Etwas aber ist nicht in Ordnung und einige Stationen später beginne ich zu verstehen. Den unbekannten Menschen blickt man nicht an, er will inkognito bleiben, sonst verlöre er sein wichtigstes Attribut.

Nach drei Tagen ist das Auto repariert und mein Weg zur Arbeit findet wieder auf der Straße statt. Frei durch die Natur dahingleitend unter Verkehrsteilnehmern, die aufeinander Rücksicht nehmen, sich anpassen müssen und es Pflicht ist, sich gegenseitig im Auge zu behalten. Die Erfahrungen im Schienenverkehr aber fasse ich kurz zusammen und maile sie an eine Frau in einem asiatischen Dorf, das noch in Gemeinschaft lebt, in einer Gegend, wo der Unbekannte weitgehend unbekannt ist und ohnehin keine Züge fahren.

Seltsam sei die Stimmung gewesen in der eisernen Bahn, rätselhaft bedrückend, beinahe totenstill. Wohin könne so eine Reise führen, hätte ich mich gefragt, in solch wortlosen Wagons voll von betrübten Gesichtern? Ich vermeine es zu ahnen: die Menschen sind unterwegs zu einem Begräbnis und es macht den Anschein, es handle sich dabei um die Beerdigung ihrer Träume. Und am Abend, da sitzen sie wiederum im Zug, in der Gegenrichtung, dieselben Gesichter wie in den Morgenstunden, abermals stumm, freudlos, ohne einander eines Blickes zu würdigen. Wohin mag die Fahrt denn dieses Mal gehen? Vermutlich nach Hause und – dem Ausdruck nach zu schließen – abermals an das Begräbnis ihrer Träume.

Für ein ganz anderes Volk, unsere Antipoden auf der gegenüberliegenden Seite der Erdkugel, die australischen Aborigines, war die Traumzeit ein ständiger, unentbehrlicher Begleiter, blieb ihre Heimat ein ganzes Leben lang und verkörperte zugleich eine mystische Quelle der Weisheit. Sie sahen ihre Herkunft in den Träumen, sie nahmen sie mit auf ihre Wanderungen durch die rote Wüste, von einer verborgenen Wasserstelle zur nächsten, und wenn ihre Reise zu Ende ging, lösten sie sich auf im Reich dieser Traumwelt. Ein Abschiednehmen von ihr wäre für sie dem Verlust des Lebenssinns gleichgekommen.

In einer Umgebung, deren Unwirtlichkeit und Wasserarmut ihnen ein hohes Maß an Weisheit und Wissen abforderte, gelang es ihnen, einen ganzen Kontinent zu besiedeln, seine Natur zu nutzen und mit ihr in Einklang zu leben, ohne bleibende Schäden oder Spuren der Zerstörung zu hinterlassen. Bis etwas Undenkbares geschah – Europäer das Land eroberten, moderne unbekannte Menschen, und eine Jahrtausende alte Kultur den seltsamen Wirklichkeiten dieser Einwanderer zum Opfer fiel. Unbekannte Krankheiten, Alkoholabhängigkeit und der Zerfall ihrer sozialen Strukturen kamen mit der Beerdigung der Traumwelt einher. Vermutlich gehörten sie, die alten Nomaden dieses fernen Kontinents, zu den letzten Überlebenden des ursprünglichen Homo sapiens.

Wurzeln und Steine

Ein Nussbaum ist umgestürzt, hat sich altersschwach auf ein Wiesenbord gelegt, seine Äste ragen in den Weg hinein, strecken sich zu einem letzten Gruß dem Wanderer entgegen, der so manche Jahreszeit achtlos an ihm vorüber lief. Diesmal hält er einen Augenblick inne, schenkt ihm zum ersten Mal Beachtung. Es muss der heftige Sturm während der Nachtstunden gewesen sein, dem er keinen Widerstand mehr leisten konnte und so fand ein Jahrhundert Baumgeschichte ihr Ende.

Es ist eigenartig, sinniert er beim Weiterlaufen, Bäume erinnern an das eigene Leben, weit mehr als alle anderen Pflanzenarten. Darüber hinaus tragen sie etwas Historisches mit sich und Zeitloses zugleich, in der Art, wie sie Menschen und deren Behausungen überdauern, Generationen von ihnen geduldig Schatten spenden, Zuhörer einlullen mit Blätterrauschen, wenn der Wind sie herausfordert, den Gang der Natur mit wechselnden Grüntönen über die Jahreszeiten begleiten, ja selbst über ihr Ende hinaus bestehen sie als Vorrat an Brennholz, als Bänke, Tische und Schränke weiter, oder bieten, dort wo sie ungestört vermodern dürfen, verschiedenen Pilzkolonien, einer Unzahl Insekten und anderen Kleinstlebewesen noch jahrelang Nahrung.

Beim nächsten Rundgang ist nur noch der Baumstumpf übrig, ein paar Wurzeln, die verloren aus dem aufgerissenen Erdreich blicken. Neben sauber aufgeschichtetem Holz ruht eine Kettensäge, der Landwirt hat aufgeräumt, ist am Wegrand mit letzten Wischarbeiten beschäftigt und so wechselt er mit dem Passanten ein paar Worte. Die Walnuss sei halt anfällig für Wurzelschäden, mag sein, dass der Baum dadurch geschwächt gewesen sei, meint er, zum Strunk hinüberblickend, und dann schaut er den Fremden fragend an, da diesem der Baum anscheinend vertraut gewesen war, fragt ihn, ob er denn in der Nähe zuhause sei. Der Spaziergänger lacht und antwortet, ja seit bald zwanzig Jahren wohne er im Dorf.

Während er seinen Spaziergang fortsetzt, beginnt er über die kurze Begegnung nachzudenken. Zwanzig Jahre und das erstaunte Gesicht des Bauern machen spürbar, wie unterschiedlich sich Lebenswege gestalten – da ist einer über Generationen mit Land und Bäumen verwurzelt, einem anderen gewährt der Ort Asyl seit zwei Jahrzehnten, und dennoch haben sich ihre Wege nie gekreuzt bis zum heutigen Tag, werden es vielleicht kein zweites Mal tun. Alteingesessen der eine, als Unbekannter kam der andere, ein Homo incognitus, der vielleicht eines Tages wieder wird fortziehen. Im Weiterlaufen nehmen diese inneren Bilder Gestalt an und formen sich zu dem Entschluss, er wolle ein Buch schreiben über das Dasein im Dorf und die Gedanken und Geschichten, die es an ihn heranträgt.

Herkunft und Heimat – für viele fest miteinander verbunden – waren für ihn in vielschichtiger Weise getrennte Begriffe geblieben, ein Puzzle, das sich in munteren Sprüngen entlang der Lebenslinie zusammenfügte und in dem dieses Dorf nun einen bedeutsamen Platz einnimmt. Früh schon, ehe er irgendwo hätte Wurzeln schlagen können, waren Länder und Kontinente an ihm vorbeigezogen, als bewegten sich diese schneller als ihre menschlichen Bewohner, ja, bevor er auf eigenen Beinen die Welt hätte erkunden können, hatten seine Augen Arabien, den Indischen Ozean, das ferne Australien erblickt. Wie sollte er da die Frage beantworten, wo er herkomme. Während er darüber nachsinnend hügelabwärts dem vertrauten Anblick der dörflichen Wohninsel zustrebt, geht ihm durch den Kopf: »Wo ich bin, komme ich her und bin ich zu Hause.«

Er war als Weltläufiger geboren worden. Um seinem in den Windeln liegenden Sohn einen Hauch von Heimatgefühl und Tradition mit auf den Weg zu geben, entschloss sich der Vater kurz vor der Auswanderung Richtung Südhalbkugel, dem Säugling ein paar solide Lederhosen zu kaufen, begab sich in die Stadt und auf die Frage, wie alt er denn sei, der Junge, antwortete er pflichtgetreu: »Sieben Monate«, dann fügte er, ungeduldig ob der Sprachlosigkeit des Verkaufspersonals, hinzu: »Gebens mia oafach die kloanste Lederhosn, dies im Gschäft ham.«

Zwei Jahre darauf stocherte ein Bub in bayrischer Tracht auf der gegenüberliegenden Seite des Globus im trockenen Boden von New South Wales herum und war sich sicher, dass das australische Buschland seine Heimat sei. Während er später, zurück in Europa, in verschiedenen Ländern und Orten zur Schule ging, glaubte er zu erkennen, dass Heimat etwas Wechselhaftes mit sich bringe. Als danach die Zeit begann, aufeinanderfolgende Orte wie unterschiedliche Perlen auf eine lange Kette aufzuziehen, verlor die Herkunft ihre letzten Wurzeln und begab sich mit ihm auf Wanderschaft, wie es bei Nomaden der Fall ist. Wenn diese ihr Zelt aufschlagen, holen sie eine dekorative Tafel mit dem schönen Wort Heimat hervor, pflanzen sie vor ihrer Behausung in den Boden und verstauen sie am nächsten Morgen wieder im Gepäck.

◈

Die Welt ist ein Dorf heißt eine nicht allzu alte und doch bereits angegraute Redensart. Verbindungen unter den Men-

43

schen rund um den Erdball gibt es genug, der Ureinwohner im schrumpfenden Wald kann einen Beefburger vom Cheeseburger unterscheiden und im Austausch dafür läuft der Amerikaner in seiner Edel-Loft über Paneelen aus geschütztem Tropenholz. Und dank Social Media sollen die beiden nun auch noch beste Freunde sein, wie alle anderen auch. »Die Welt ist ein Netz« trifft viel eher zu, doch es sind wenige, die dieses Netz auswerfen, und immer größere Massen, die sich ausweglos darin verfangen. Die Welt ist urban, ist eine Stadt, wird es eines Tages heißen, wenn aller Wald weggeholzt ist und sein letzter Bewohner den sozialen Aufstieg vom Baumhaus in die vierunddreißigste Etage eines Wohnturms hinter sich hat.

Aber was ist das Dorf? Es ist eine Welt für sich. Zum einen war dies seit Anbeginn so, von den steinzeitlichen Siedlungsformen über die mittelalterlichen bis zu denjenigen von gestern, und heute ist es immer noch ein wenig so, zumindest für die ganz Kleinen, wenn sie spielend und forschend ihre Umgebung entdecken. Für die etwas Erwachseneren wird es schwieriger. Sie müssen zuerst einmal alle Bildschirme abschalten, ohne Mobiltelefon vor die Haustüre treten, vermeiden, das erstbeste Verkehrsmittel zu benutzen. Ist das geglückt, führen die Schritte unweigerlich in die Nähe hinaus und falls es gelingt, Augen und Ohren offen zu halten, etwas Fantasie mit auf den Weg kommt, beginnt das Dorf ihnen farbige Geschichten zu erzählen. Nicht diejenigen, die zweimal wöchentlich in der Lokalzeitung nachzulesen sind oder das, was an Stammtischen diskutiert wird, nein, eine ganze Palette von Bildern tut sich auf, Erinnerungen von anderswo mischen sich hinein, unerwartete Figuren erscheinen, die es vielleicht nie gegeben hat, und die Zeit beginnt mit den Jahrhunderten zu spielen. Dann kann ein umgefallener Baum eine weitläufig verwobene Erzählung auslösen, die ein ganzes Buch zu füllen vermag.

Der Weg vor der eigenen Tür führt hinaus in die Welt, und obwohl jeder Schritt unweigerlich vorwärts zeigt, schaut man beim Laufen nicht unbedingt in die Zukunft, sondern findet sich genauso häufig in Vergangenem wieder. Was die Augen erblicken, ist zwar immer ein Abbild dessen, was einem in diesem Moment begegnet, doch die Gedanken dazu füllen das Geschaute mit Geschichten, die die Zeit durchwandern. Ein frisch gepflügtes Feld, auf dem gestern der Weizen im goldenen Abendlicht wogte, liegt in braunen Schollen brach, bereit für die Wintersaat. Ein Bahntrassee, das hundertfünfzig Jahre zuvor in eine stille Landschaft gelegt wurde, schleicht sich im Frühnebel davon. Der schnaufende Lärm, den es einst im Rhythmus des Fahrplans vom Stadtbahnhof hinaus in das ruhige Landleben trug, verpuffende Dampfwolken mit sich ziehend, ist längst vergessen. Eine vor kurzem eröffnete Autobahn übertönt alles, pausenlos, taktlos, ohne sich an geregelte Zeiten zu halten.

Ein paar Schritte hügelaufwärts erinnert eine flache Kuppe, versehen mit einer bebilderten Hinweistafel an einen römischen Gutshof. An die Epoche der Antike, in der unsere südlichen Nachbarn über die Alpen herauf gegen Norden vordrangen, nicht als friedliche Fremdarbeiter, sondern als geharnischte Herren. Sie waren die ersten bedeutsamen Straßenbauer der Geschichte, vernetzten das ganze Land und brachten es perfekt organisiert unter die Herrschaft ihres weit verzweigten Imperiums. Annektierte Gebiete überzogen sie mit einem lückenlosen Netz von Kontrollposten, Übernachtungsstätten und Pferdewechselstationen. Der lokale Beamte dieses mächtigen Reiches, der hier an diesem abgelegenen Ort seine Aufsichtspflichten zu erfüllen hatte, suchte sich für seine

Bleibe die beste Fernsicht aus. Knapp oberhalb des feuchten Riedgrundes ließ er eine Villa errichten, die um ein Vielfaches grösser werden sollte als die Bauernhöfe und Dienstgebäude der darauffolgenden Epochen. Die letzten Spuren ihres Fundaments liegen seit dem Mittelalter unter Ackerland begraben, doch die Sicht in die uferlose Weite des breiten Tales ist die gleiche geblieben, vom gemächlich wiegenden Hügelland bis zum gezackten Horizont des Alpenkamms.

Die Moräne, auf der sein herrschaftlicher Gutshof Platz fand, hatte sich gesetzt und die Gletscher waren dort geblieben, wohin sie sich mit dem Ende der Eiszeit zurückgezogen hatten. Eine einladend geformte Landschaft hinterließen sie, freigegeben für die Besiedlung durch den Menschen. Noch liegen vereinzelt da und dort mächtige Findlinge herum, die von den Eismassen seinerzeit herbeigetragen und tonnenschwer zurückgelassen wurden. Daneben nehmen sich die magischen Steinreihen, die von unseren keltischen Vorfahren errichtet wurden, wie zierliche Spielereien aus, diese aus dem Boden herausragenden Felszähne, die man im Wald entdeckt, wenn man vom Weg abkommt und quer durch grünes Gestrüpp allen Fährten folgt.

Moosbedeckt, altersgrün stehen sie da, diese mystisch anmutenden Megalithen. Irgendwo und trotzdem einer geheimen Ordnung gehorchend. Bedeutungsvoll seien sie und doch weiß niemand genau, was für einen Zweck man ihnen zuordnen soll. Keiner komme auf die Idee, einfach grundlos solch gewichtige Brocken aufzurichten, in Linien geordnet oder zu Kreisen geformt, lautet die entsprechende Begründung. Aber wer käme schon auf den Gedanken, einen arbeitslos gewordenen, rostigen Hafenkran von einem tausend Kilometer weit entfernten Meeresrand herbeizuschaffen, um ihn ein paar Monate lang an einem Alpenfluss aufzustellen. Es ist trotzdem geschehen und das vor nicht allzu langer Zeit. Deklariert als offiziell bewilligtes Kunstobjekt, das Schaulustige anlocken und den im Stadtkern gelegenen Geschäften für einen kurzen Sommer zu mehr Umsatz verhelfen sollte.

Spielen mit den Formen, einfach des Spaßes halber ohne eigentlichen Sinn oder tiefere Bedeutung, das machen damals wie heute nicht nur die kleinen Kinder. Vielleicht besaßen auch die Kelten solch einen spontanen Spieltrieb, weshalb sie die mittelgroßen Findlinge, die jene vergangene Vergletscherung zufällig verstreut zurückgelassen hatte, herumwälzten, einreihten, aufrichteten und mit den tragbaren Brocken ein urzeitliches Unspunnenfest feierten, als sportlichen Wettkampf, mannhaftes Kräftemessen oder einfach, um sich mit einem handfesten Hobby die Freizeit zu vertreiben. Vielleicht aber waren sie ihnen schlicht und einfach so ungelegen im Weg, dass sie ein Hindernis bedeuteten für die Feldarbeit, weshalb man sie mit dem Urbarmachen des Bodens zur Seite schaffte, dem Rand entlang aufstellte, um damit die Grenze eines Ackers zu markieren oder einen Schutzwall für den Gemüsegarten zu haben.

Wir wissen es nicht, aber wir nehmen an, dass der Homo sapiens schon vor Jahrtausenden genau wusste, was er tat und darüber hinaus mit Weisheit handelte, in Einklang mit kosmischen Gesetzten und religiösen Ritualen. Ganz im Unterschied zum modernen Menschen, dessen Hafenkran im Alpenpanorama sprachlich von der Öffentlichkeit dem Hafenkäse gleichgesetzt wurde, einem gebräuchlichen Wort für banalen Unsinn, für etwas, dem es so ziemlich an jeglicher Form von Bedeutung mangelt.

Wie dem auch sei, auf einem der alten Menhire in der Geborgenheit des Unterholzes zu sitzen, mit einem wiegenden Blätterdach über dem denkenden Kopf, ist wohltuend und lässt Zeitreisen lebendig werden, während sich manch nichtiges Problem der Moderne im Geruch von Harz und moderndem Holz auflöst. Den Sitzenden trägt ein altehrwürdiges Stück Gestein, das geduldig zusieht, wie Bäume in die Höhe wachsen, umstürzen und verfaulen, wie der Wald sich in trockenen Jahrhunderten lichtet, der Wildbestand abnimmt, um sich in feuchteren, wärmeren Zeiten von Neuem zu verdichten.

Der steinerne Zeuge sah die letzten Nachfahren jener Kelten, die ihn einst hochkant hievten, untergehen, ihre über Jahrhunderte während Kultur dem mächtigen Staatswesen des römischen Reiches zum Opfer fallen. Erlebte die Vertreibung der Römer durch die von Norden einwandernden Alemannen und wartet nun von uralten Flechten und Moosen überzogen in gewohnter Gelassenheit darauf, was das Schicksal mit der siebenhundert Jahre alten Eidgenossenschaft noch alles anstellen wird. Der kurze Moment, den ein Dahergelaufener nutzt, um auf ihm zu rasten, bedeutet ihm nicht mehr als der Flügelschlag einer Fliege, die ihn im Vorbeiflug streift, während er den Homo incognitus, der in seiner Schnelllebigkeit auf ihm Platz genommen hat, durch die Bilderfolge seiner Erinnerungen trägt. Und diese geschichtsträchtige Beharrlichkeit, mit der der eiszeitliche Brocken seit mehr als zweitausend Jahren scheinbar unverrückbar an dieser Stelle weilt, lässt den Waldspaziergänger ein paar Atemzüge lang tiefe Wurzeln schlagen.

Ein Gentest hatte ihm vor einigen Jahren in Erfahrung gebracht, dass der Urvater seiner männlichen Linie keltischer Abstammung gewesen war, ein Alteingesessener also, einer von jenen, die mitgeholfen hatten – aus welchem Grund auch immer – Felsbrocken wie diesen aufzustellen, wehrhafte

Schanzen zu bauen, Grabstätten zu errichten und den Wissbegierigen zukünftiger Epochen damit ein paar ungelöste Rätsel zu hinterlassen. Seine Urmutter hingegen war als Migrantin ins Land gekommen, eine Germanin, auf der Suche nach neuem Boden unter den Füssen, ähnlich, wie ihn selbst das Leben am hiesigen Ort hat anlanden lassen, und so begegnet der Weltläufige unter einem versponnenen Blätterdach auf einem alten Stein unversehens einem Stück seiner Herkunft. Und als er nach geraumer Weile aus der grünen Laube hinaustritt in das Wiesen- und Ackerland, das sich vom Dorf zum Waldrand heraufzieht, er hinabblickt auf den vertrauten Häuserhaufen, aus dem wie immer der Kirchturm emporragt, fühlt er sich seit Jahrtausenden beheimatet.

Unweltläufigkeit

Aus freien Stücken in die unbekannten Weiten der Welt hinauszulaufen, war einst wenigen Auserwählten vorbehalten, abgesehen davon, dass dies oft mit Beschwerlichkeiten oder sogar erheblichen Gefahren verbunden war. Dazu kamen einige, die Kraft eines besonderen Auftrags oder wegen des Händlertums häufig wechselnden Boden unter die Füße nahmen. Auch junge Männer begaben sich nicht selten für einige Jahre auf Wanderschaft, bevor sie sesshaft wurden, Gesellenjahre nannte man dies später, andere wiederum wurden von den Mächtigen auf unbekannte Schlachtfelder beordert, wo viele von ihnen fern von einem erfüllenden Dasein ihre Reise vorzeitig beendeten. Die meisten Landleute aber waren eingebunden ins dörfliche Leben, die Tage gefüllt mit den täglich zu verrichtenden Dingen in der häuslichen Umgebung, auf dem zu bestellenden Land, beschäftigt mit dem Vieh, das es zu hüten galt, und allerlei handwerklichen Arbeiten. Nur selten führten ihre Wege fort vom eigenen Dorf, einer Hochzeit oder Taufe halber in die benachbarten Kirchorte, gelegentlich zum Markt in die nächstgelegene Stadt, was bereits ein aufregendes Ereignis darstellte, und im Laufe des Lebens das eine oder andere, seltene Mal, um weit entfernt etwas Bedeutsames zu erledigen.

Nachdem im Laufe der Jahrhunderte manche Unfreiheit und Beschränkung Schritt für Schritt abgeschüttelt wurde und der Gedanke einer aufgeklärten Gesellschaft um sich greift, beginnt sich auch der Wirkungsbereich der Dorfbevölkerung zu öffnen. Dabei wandelt sich das Bild des Menschen und er wird weltläufig, wie er es in seinen Ursprüngen bereits gewesen war, als er, nur unendlich langsamer als heute, den Erdball zu Fuß erkundete und besiedelte. Nun wird es Mode, aus freien Stücken unbekannte Gegenden zu erkunden, und wer es sich leisten kann, benutzt eine Postkutsche oder die neueste Errungenschaft, die Dampfbahn. Zeitungen werden gedruckt und weite Kreise beginnen am inländischen und ausländischen Geschehen teilzuhaben.

Mit dieser veränderten Weltanschauung fällt eine Art von Schatten auf all jene, die bei der neuen Offenheit nicht mithalten können. Die Schwachen und vom Schicksal an Körper und Seele Geschundenen werden nun, dem Zeitgeist entsprechend, als unweltläufig bezeichnet. Dieser Begriff entwickelt sich zum gängigen Fachausdruck für die Ausgrenzung gehandicapter Mitbürger, um später, seines abwertenden Charakters wegen zum Unwort erklärt, wieder aus dem Vokabular zu verschwinden.

Doch im wahrsten Sinne des Wortes unweltläufig zu sein kann in Zeiten von Überaktivität, Massenbeeinflussung und der Abhängigkeit von Social Media manchmal mehr gut tun als schaden, und sollte es einmal wieder In sein, nicht mit allen wechselnden Trends und Strömungen kopflos mitzulaufen, wird die Unweltläufigkeit ihr Comeback erleben. Dieses Mal nicht als Stigmatisierung, sondern als Hervorhebung eines Selbständigen aus der Gattung Homo, der sich stark genug fühlt, seinen Weg abseits von der globalisierten Konsumwelt und ihren verfänglichen Werbebotschaften zu gehen.

Gottfried lebte außerhalb des Dorfes im Grünen. So wie ihn das Grün umgab, er darin eintauchte, beheimatet war in allen Abstimmungen dieser Farbe, war es wenig erstaunlich, dass er sein Grün nur verließ, wenn es unbedingt von Nöten war. Er schnitt die Rosen, pflegte die Bäume, er mähte das Gras mit einer Geduld, die der Natur genug Zeit zum Wachsen ließ, und wenn er auf der sattgrün gestrichenen Bank vor seiner Behausung saß, eine Tasse Kaffee vor sich, aus der halboffenen Tür Radiomusik plätscherte, dann schauten dunkelgrüne Fensterläden auf ihn herab und der Apfelbaum schenkte ihm pastellgrünen Schatten. Am heißen Getränk schlürfend folgte sein Blick dem vielgestaltigen Farbenspiel vor seinen Augen und gleichzeitig begab er sich mit seinen Worten auf den Ausflug in die Welt hinaus.

Lange war es zurückgelegen, dass ihn ein Gesprächspartner auf diese Reisen begleitet hatte. Zu anders waren die Stimmen der Menschen gewesen, die in feuerrot und himmelblau, in gelb gestreifter oder schwarz-weiß karierter Weise ihn davon zu überzeugen gesucht hatten, dass er anders zu sein habe, als er nun einmal sei, und so hatte er sich im Lauf von vielen Sommern abgewandt vom bunten Stakkato der modernen Welt und in der unmittelbaren Umgebung seines Hauses eine sichere Heimat gefunden. Er war ein Unweltläufiger geworden.

Von sich aus ein mitteilsamer Mensch, war ihm nichts anderes übrig geblieben, als sich selbst zu seinem aufmerksamen Zuhörer zu machen, der ihm hin und wieder auch etwas zu entgegnen hatte, was den Fluss der Unterhaltung aufrecht hielt. Aus einem kleinen Batterie-Empfänger in der Wohnstube erklangen stündlich die neuesten Nachrichten, weshalb er immer auf dem Laufenden war bezüglich allem, was draußen in der Welt geschah, und Blumengewächse, Büsche und Bäume konnten oft mitanhören, wie er das Geschehen in Politik und Wirtschaft detailliert kommentierte, sich dabei auch selbst widersprach, um im Gegenzug die Sache aus dem Blickwinkel der Opposition zum Zug kommen zu lassen. Hin und wieder mischte sich ein Anflug von Ärger oder Ungeduld in seine Dispute, denn andauernd mitbekommen zu müssen, was die Mächtigen und Wichtigen entscheiden, bedurfte manches Mal einer deutlichen Korrektur. Sanfter ging er mit dem Wetterbericht um, denn der Weise weiß, dass das Wetter ist, wie es ist. Das Grün wird ihm gelauscht haben und wie es schien, hielten die Obstbäume ihre Blüten geschlossen, bis sie aus seinem Mund vernahmen, es werde nun endlich milder und der Frühling stehe, wenn auch spät, so doch noch ins Haus.

Gelegentlich, bevorzugt an einem warmen und trockenen Tag im Sommer, nahm er einen abgewetzten Koffer vom Schrank, zog ein sauberes Hemd an und überwand sich, seine grüne Oase zu verlassen. Leicht hastigen Schrittes begab er sich zum örtlichen Bahnhof, bestieg unauffällig den nächsten Zug Richtung Stadt und wenn er einige Stunden später zurückkehrte, war der Koffer randvoll gefüllt mit all dem, was im Dorfladen nicht oder nur zu teuer erhältlich war und ihm Vorrat zu sein hatte für ein ganzes Jahr. Da waren Kerzen dabei, Ersatzsocken, verschiedene Lebensmittel, ein Kochtopf oder grüne Farbe zum Nachstreichen von Fensterläden und Sitzbank, ein Schal für den kommenden Winter, allerlei Kleinzeug für den alltäglichen Bedarf in Haus und Garten. Mit Ausnahme dieses Beschaffungsausfluges versorgte er sich genügsam mit dem, was die Dörflichkeit und das Allernächstgelegene zu geben hatte. Trotz seines einfachen und bescheidenen Lebensstils begegneten ihm die meisten Nachbarn mit Argwohn und Ablehnung, oder vermutlich gerade deswegen. Sie hatten vergessen, dass vor der Ausbreitung der Weltläufigkeit mancher Dorfbewohner wie auch die eigenen Vorfahren genauso gelebt hatten, doch im Fahrwasser des Zeitgeistes geht Althergebrachtes schnell über Bord und

Neues wird bereits zur Norm erhoben, bevor man es überhaupt verstanden hat.

»Besser ist der Feind des Guten«, pflegte Gottfried zu sich zu sagen, und wenn er auf seiner Einkaufstour etwas erstanden hatte, das keinen Mehrwert erbrachte und er danach wieder zum Alten griff, fluchte er lautstark über seine, wie er meinte, unverbesserliche Dummheit. Längst hatte er erkannt, dass einem unablässigen Drang, alles besser machen zu wollen, manch Gutes und Wertvolles zum Opfer fallen kann. Das Grün der Natur hatte ihn gelehrt, wählerisch und vorsichtig zu sein in der Annahme von neuen Dingen und dem Bewährten, so lange es noch taugt, die nötige Aufmerksamkeit zu schenken.

Evolution basiert auf Verbesserung, ihre zufällig oder nach Bedarf erfolgenden Gen-Upgrades sind der Prozess, der den verschiedenen Formen alles Lebendigen die Anpassung an ihre Umgebung, den Umgang mit ihr und allfällig sich verändernden Existenzbedingungen ermöglicht. Der Mensch, von unstillbarer Lust nach Optimierung getrieben, jagt von einem Update zu anderen, galoppiert auf zwei Beinen mit Hilfe einer Menge Motorenkraft jeder natürlichen Mutation davon. Unabhängig von den Naturgesetzen arbeitet er an seiner eigenen Weiterentwicklung, dem modernsten aller Menschen, diesem Homo incognitus, der unbekannt bleiben kann und dies sogar mitten im eigenen Dorf. Dank Online-Schalter braucht er sein Gesicht nicht länger im Gemeindehaus zu zeigen, falls er auf dem Postamt noch persönlich Zahlungen erledigen will, muss er mit Strafgebühren rechnen, als Self-Scanner im Supermarkt vermeidet er wortlos jegliche Form menschlicher Kontakte, und statt im Wirtshaus mit den Nachbarn zu jassen, legt er die Spielkarten via Laptop auf virtuelle Tische. Wenn ihm das Dörfliche trotz alledem fehlt, hilft ein Bekenner-Klick auf den Like-Button eines beliebigen Weilers irgendwo auf der Welt.

Die ersten Pioniere dieser neuen Gattung waren Großstadtbewohner und sie bezeichneten jene Unweltläufigen, die noch auf dem Lande hausten, als Hinterwäldler. Heute hat die städtische Wirklichkeit die entferntesten Dörfer erreicht und mancher, hier wie dort, der nahe an der Autobahn oder anderen lärmgeplagten Orten wohnt, wäre froh, wieder hinter dem Wald zu hausen. Dort, wo man von Ortsfremden nach dem Weg gefragt wird, weil das Mobilfunksignal zu schwach ist für die GPS-Koordinaten und Spaziergänger, die zufällig miteinander auf einer Bank am Waldrand sitzen, freundlich ein paar Worte wechseln statt unabhängig voneinander ein Handygespräch zu führen.

An Gottfried war sogar die Entwicklung des Telefons vorübergegangen und mit der Ausgrenzung, die ihm unfreiwilliger Weise zuteilwurde, war er zum Vorläufer der Selfie-Kultur geworden, beschäftigte und sprach fast ausschließlich mit sich selbst. Zu seiner Zeit wurde derartiges Verhalten als Makel angesehen, doch mittlerweile ist es zur Pflichtübung des modernen Menschen geworden, tausendfach nur sich selbst zu fotografieren und dann stundenlang durch die Bilder mit dem eigenen Konterfei zu scrollen.

Der Homo aus der Familie der Hominiden schlingert im Zickzackkurs zwischen auswechselbaren Wahrheiten über den Globus, und die Geschichte lehrt, manches, was gestern beanstandet wurde, gehört heute zum guten Ton und wird morgen womöglich unter Strafe geächtet sein. So werden die Bäche im Dorf zuerst begradigt, damit die Natur die Menschheit nicht behindert und dann renaturiert, um der Umwelt ein Stück Freiheit zurückzugeben. Hundertjährige Bäume werden gefällt, um Parkplätze durchgehend asphaltieren zu können und Neubauten den gesetzlich vorgeschriebenen Bauabstand zu ermöglichen, dafür werden im Gegenzug den Bauern Direktzahlungen für Biodiversität gewährt, wenn sie am Rand überdüngter Äcker eine Reihe junger Pappeln pflanzen. Wusste der Homo sapiens sapiens vor Jahrtausenden doppelt-klug Bescheid über sein eigenes Tun und damit vielleicht einmal zu viel, versteht der Incognitus vor lauter Vielfalt je länger je weniger, wer was verursacht oder zu verantworten hat.

Von solcherlei Wirren und Wandlungen ließ sich Gottfried wenig beirren. Er ging vom Schicksal unbeachtet seinen Weg, der kein glücklicher war, auch kein geradliniger, aber einer, der in sich geschlossen war wie ein Kreis, bei dem die Jahreszeiten einander die Hand geben, während der Himmel ein Wetter nach dem anderen hindurchziehen lässt, ohne dabei seine ursprüngliche Farbe zu verlieren.

Wie er über die hellen Monate in Haus und Garten jeden verblassenden Anstrich geduldig auffrischte, in frisches Grün tauchte, jeden noch so kleinen Schaden gewissenhaft aus-besserte, und in der lichtarmen Zeit Radio hörend vor dem wärmenden Ofen ausharrte, mehrten sich unaufhaltsam seine Jahre, ohne dass jene Menschen, die ihn einst ausgesondert hatten, sich seiner erinnerten, und ohne dass das Dasein ihm für die Sorgfalt, die er den Dingen angedeihen ließ, einen Dank hätte zukommen lassen. So begann sein Körper langsam von ihnen heraus zu leiden, wie es dem Nussbaum geschieht, dessen Wurzeln viele Sommer und Winter zuvor unsichtbar geschädigt wurden.

Standfest wie ein Baum, an dem die Zeit nagt und dessen Stamm im Sturm zu ächzen beginnt, blieb er seinen Prinzipien treu, fest verankert auf dem Flecken Erde, der ihm Heimat gewesen war ein Leben lang. Als seine Gesundheit bis zum Äußersten brüchig geworden war und sein Atem schwer ging, erinnerte er sich daran, dass er einst weit fort gewesen war, sich auf eine Reise begeben hatte in die Welt hinaus, südwärts, das Meer überquerend bis nach Afrika, und er verfluchte jenen längst vergangenen Tag, an dem er Zelt und Schlafsack verschenkt hatte, in der Meinung, sie nicht mehr zu benötigen. Nie hätte er das tun sollen, sprach er tadelnd zu sich selbst, und dieser Gedanke reihte sich ein in jene Vielzahl von Bildern, in denen er persönliches Versagen und das Scheitern der Welt verurteilte. Doch diese letzte, nachhaltige Reue um eine vergessene Reiseausrüstung beklagte kaum mehr einen realen Verlust, die Worte waren eingehüllt in eine Bitternis, mit der sie gleichnishaft zum Ausdruck brachten, dass er etwas vom Leben viel zu früh weggeworfen hatte, was das Dasein hätte freudiger und offener gestalten können.

An einem Herbsttag spürte er das Ende aller Reisen nahen und als ob er diese Erinnerung ein allerletztes Mal habe auffrischen wollen, machte er sich auf den Weg in die dörfliche Bibliothek, was er nie zuvor getan hatte, und lieh sich ein Buch aus, das von abenteuerlichen Fahrten in exotische Länder erzählt. Die Frau, die ihm das Gewünschte heraussuchte, glaubte aus seinem kaum verständlichen Gemurmel etwas Befremdendes herausgehört zu haben wie: »Geben sie mir das zum Lesen, sonst bringe ich mich um.« Sie habe ihn wohl falsch verstanden, dachte sie noch und kehrte zu der beruhigenden Tätigkeit zurück, neu eingetroffene Bücher sorgfältig mit nummerierten Etiketten zu versehen, um sie korrekt einordnen und katalogisieren zu können.

Einige Tage später fand man ihn tot in seiner Behausung vor, unweit davon lag auf einem Stuhl der Roman, versehen mit einem karierten Zettel, auf dem in säuberlichen Buchstaben stand: »Bitte in die Bibliothek zurückbringen. Danke.«

Monate verstreichen, da steht an seinem schlichten Grab eine im Dorf unbekannte, ältere Frau, ein wenig aus der Mode geraten, in einem grünfarbigen Hippiekleid mit verspielten Fransen, vielen Silberohrringen, abgenutzten Turnschuhen, eine rote Rose in der Hand. Sie schweigt bedeutsam lange, legt dann behutsam die Blume nieder und wendet sich ihrer Begleiterin zu. Leise sagt sie:

»Er lud mich ein, das war vor mehr als dreißig Jahren, fragte, ob ich mit ihm südwärts und weiter bis nach Marokko reisen wolle, mit Rucksack, Zelt und unendlich viel Zeit. Schade habe ich nein gesagt, denn irgendwie habe ich ihn immer geliebt. Aber ich bekam Angst davor, dass ich eines Tages seine Frau würde werden wollen.«

Heimatliche Rede

Unter großem Baum steht er, der Redner, an einem kleinen, provisorisch errichteten Pult, das die Flagge des Landes ziert, lässt seine Augen über die dörfliche Festgemeinde schweifen, hinter der sich der Blick öffnet, hinabfließt in die sanften Hügel eines weiten, fruchtbaren Landes, bis er sich in der Ferne an der kraftvollen Linie der Berge verliert, dort wo die Erde mit dem Himmel zu einem verschmilzt. Dann hebt er zur wohl vorbereiteten Rede an. Nicht den Ursprung wolle er an den Anfang stellen, jenen teils sagenhaften, teils urkundlich belegten vor mehr als siebenhundertzwanzig Jahren.

Dabei würde doch gerade jener Urknall – als Wilhelm Tell, der Freiheitsheld, aus habsburgischer Sicht zwar nichts anderes als ein Terrorist, aus dem Hinterhalt zuschlug – eine wunderbare Geburt darstellen für einen modernen Staat. Dieser Moment, in dem einfache Menschen die Fesseln mächtiger Herren abstreiften, die uns im Nachhinein in den Geschichtsbüchern als fremde Herrscher erhalten bleiben, obwohl ihr Heimatsitz, die Habsburg, heutzutage mitten im eigenen Land zu finden ist, sie also rückblickend gesehen Einheimische gewesen waren. Doch begänne man die Rede mit diesen Worten, mit dem kraftvollen Befreiungsschlag Ende des dreizehnten Jahrhunderts, bestünde die Gefahr, dass die Anwesenden sich von den Bänken erhöben, Ja sagen und einander zurufen würden, man habe sich erneut zu befreien von zu mächtigen Herren im eigenen Lande, von profitgierigen Banken, selbstsüchtigen Pharmakonzernen und manchem im fernen Bundesbern, der im einundzwanzigsten

Jahrhundert die freie Schweiz für seine eigenen Interessen und persönlichen Machtgelüste missbrauche.

Wohlweislich vermeidet der kluge Redner deshalb die Erinnerung an jene vergangenen, bahnbrechenden Tage, denn nicht ein neuer Wilhelm Tell wird gesucht, sondern Ruhe soll herrschen im Land. Er verlegt also die heroischen Taten auf achtzehnachtundvierzig und beschwört den Beginn der wahrhaft modernen und freien Schweiz, sozusagen die verspätete Nachgeburt von 1291 oder eine Art Wiedergeburt, diesmal ohne Terroristen, Widerspenstige und Revolutionäre, dafür mit viel Freiheit, denn schlussendlich waren es allesamt und ausschließlich Freisinnige, die während dreiundvierzig Jahren die Regierung stellten und in Folge den hehren Gedanken der Freiheit weiterentwickelten zur unbeschränkten Freiheit allen marktwirtschaftlichen Gewinnstrebens, bei der freilich das Volk beinahe in Vergessenheit geraten wäre. Deshalb ist es ihm auch ein besonderes Anliegen, die Festgemeinde darauf hinzuweisen auf die Errungenschaften der Sozialversicherungen, die in der Tat wunderbar sind und uns große Sicherheit schenken, wenn sie auch – ähnlich wie das Frauenstimmrecht – seinerzeit erst mit jahrzehntelangem Rückstand die Schweiz erreichen sollten.

So kam die Rente der Alters- und Hinterlassenen-Versicherung 1948, im internationalen Vergleich sage und schreibe neunundfünfzig Jahre später als bei unseren nördlichen Nachbarn, wo bereits Ende neunzehntes Jahrhundert eine Alters- und Invalidenversicherung eingeführt wurde, und innenpolitisch um satte dreiundzwanzig Jahre verzögert, hatte doch das Stimmvolk 1925 den Verfassungsartikel für eine solche gutgeheißen. Groß war die Angst der Mächtigen gewesen, den kleinen Leuten von der verbrieften Freiheit ein Stück abgeben zu müssen und noch grösser war die Angst der

Männer hierzulande, die Frauen könnten auch etwas zu sagen haben. Zu schnell hatten die wehrhaften Mannen vergessen, dass ihnen allen einst von einer Frau, der eigenen Mutter, das Leben geschenkt worden war und man deshalb die Freiheit ohne Gewissensbisse mit den weiblichen Wesen hätte teilen können. Was die Bewohner von Pitcairn, einer abgelegenen polynesischen Insel unter britischer Verwaltung, schon 1838 begriffen hatten.

Dergestalt detaillierte Angaben zögen die Festrede unnötig in die Länge, weshalb der Vortragende mit großen Schritten weiterschreitet zur ebenso großen humanitären Tradition des Vaterlandes. Er streift den Frieden und die diplomatische Vermittlerrolle, die Koexistenz verschiedener Bevölkerungsgruppen, die das Land auszeichnen und ihm besondere Würde und Anerkennung verleihen. Jedoch scheint der Redner damit nicht den Stolz der Zuhörer wecken und sie im Gefühl, einer starken Nation anzugehören oder in einer solchen Heimat gefunden zu haben, bestärken zu wollen – einem Selbstwertgefühl, wie es in den letzten Jahrzehnten erbärmlich abhandengekommen ist – sondern er benutzt diese Worte als Prolog, um auf Umwegen zu einem anderen Punkt, womöglich seinem persönlichen Lieblingsthema zu gelangen, mit dem er die lauschenden Dorfbewohner und Gäste, statt sie zu Zufriedenheit, Selbstwertgefühl und inniger Freude an der Heimat zu führen, mahnend in die Pflicht zu nehmen gedenkt und ihnen an diesem wundervollen Abend womöglich sogar Schuldgefühle einreden möchte.

Ein armes Land sei die Schweiz gewesen vor einhundertfünfzig Jahren, ein Auswandererland – offensichtlich trotz der von ihm gelobten Bundesverfassung von 1848. Die Menschen seien Schlange gestanden, um in Rotterdam auf Schiffe zu gelangen, die sie in eine reichere, bessere Zukunft auf einen neuen Kontinent entführten. Mittlerweile selbst wohlhabend geworden, so spricht er weiter, den unsichtbaren Mahnfinger erhebend, sei es nun an den hier Anwesenden, ihrerseits die Flüchtenden aus aller Welt aufzunehmen, quasi als Dank für die Möglichkeit, die ihren Ururgroßvätern gegeben wurde, als diese nach Amerika auswanderten. Dabei verschweigt er, abermals wohlüberlegt, dass die Vereinigten Staaten, klassisches Ziel jener Zeit, über zweihundert Mal grösser sind als die Schweiz und dazumal menschenleer waren. Man musste nur ein paar Indianer erschießen, die dort überflüssigerweise herumlungerten und die Wildtiere ein bisschen ausrotten und schon gab es Platz für alle. Die Flüchtenden, die heute zu uns kommen, können keine Tiere mehr ausrotten, um Platz zu schaffen, das haben wir Einheimische schon selbst erledigt, und nicht etwa nahezu leer, sondern ganz im Gegenteil, dicht besiedelt ist das Land. Statt der Indianer müssten die Einwanderer vielleicht ein paar Superreiche und Pauschalbesteuerte vertreiben, die meist über viel Grund und Boden verfügen, so gäbe es wieder neuen Raum – aber das geht nicht, wir leben ja nicht im Wilden Westen.

Während im nahen, weniger wilden Westen über dem Lindenberg das lichte Band des scheidenden Tages vom dunklen Saum der lauen Sommernacht weggetrunken wird, zieht sich der Exkurs bezüglich humanitärer Pflichten in die Länge. Zwar hat der Redner im Verlauf seines Wortstromes vorerst noch verlauten lassen, dass in einem demokratischen Staat nicht die Stimme und Meinung eines Einzelnen zähle, sondern im Abwägen der verschiedenen Meinungen Kompromisse und Konsens zu finden seien, die allen gemeinsam zu dienen hätten, doch wie alle anderen seines Genres vergisst auch er das soeben Gesagte und gibt sich ausführlich seinem Thema hin, als gebe es nur eine, nämlich seine eigene Ansicht der Dinge, welche demzufolge auch die einzig richtige sei, und von der er in dieser sommerlichen Abendstunde alle Anwesenden unbedingt zu überzeugen habe.

Die Gemeinde der Zuhörer verzeiht ihm diesen Missbrauchsversuch ohne Murren, solches von Politikern seit jeher oder zumindest seit 1848 gewohnt. Die einen genießen die Langeweile, die sich entlang des ausufernden Wortflusses ausbreitet und füllen die Zeit mit einem Schluck Bier oder Wein, während aus manch anderem Gesicht die Festfreude vorübergehend weicht und dem Warten auf das Ende der Rede Platz macht.

Vielleicht hat sich der eine oder die andere gewünscht, zum Nationalfeiertag dieses Mal Worte zu hören, die allen Menschen Recht geben, Worte, aus denen das Verständnis für die vielen, teils kontroversen Ansichten und unterschiedlichen Anliegen der ebenso verschiedenen Bewohner dieses Landes spricht. Das Wunder blieb aus, wie allemal zuvor am ersten August.

Nicht ganz, denn zwischen all dem historisch mit Bedacht Ausgebeintem und entsprechend der Absichten des Redners zurecht Gerichtetem ist neben der Gratis-Bratwurst doch noch etwas serviert worden, was allen uneingeschränkt zu Gute kommt und jeden erfreut. In seiner Ansprache erwähnt er das Jubiläum des örtlichen Verschönerungsvereins, einhundertzwanzig Jahre Einsatz für die Lebensqualität und Ästhetik des Dorfes, der Gemeinde, und spricht einen Dank für dessen Wirken aus.

Und in der Tat – wie wichtig ist sie für uns alle, die Schönheit des Daseins, ausgedrückt durch Blumen in den Gärten, in freudigen Gesichtern, ausgebreitet unter mächtigen Bäumen wie dem, unter dem die Festbesucher sitzen oder auf jenen Bänken, die eben dieser Verein an schönen Plätzen aufstellt und unterhält, die zur Ruhe einladen, zum beschaulichen Weitblick über die harmonische Landschaft, hin zu den blauschwarzen Rändern des Alpenkamms und hinein in das letzte pastellfarbene Spiel eines malerischen Sommertages, der, als die Rede ausklingt, am westlichen Rand sein Zepter an die fein geschwungene Sichel des Mondes übergibt.

Vorläufig Aufgenommen

Wenn der Homo incognitus die Grenze eines staatlichen Territoriums überschreitet, was auch auf Rädern, zu Wasser oder im Fluge geschehen kann, und den Fuß auf fremden Boden setzt, wird bei den Eindringenden sofort erhoben, um welche Unterart dieser Menschengattung es sich handelt. Solche wie Touristen, die genug Geld ins Land bringen, umtriebige Geschäftsleute oder Studierende, die für eine abgemessene Zeitspanne mit der entsprechenden Einreiseerlaubnis ausgestattet sind, gelten als eine Art Nichteinwohner, obwohl sie ja notgedrungen irgendwo wohnen müssen, bevor es wieder außer Landes geht. Letzteres ist das entscheidende Kriterium, sie willkommen zu heißen: die verbriefte Absicht, das fremde Hoheitsgebiet termingerecht wieder zu verlassen.

Solche Gebaren mögen zwar einigen modernen Vertretern der Gattung Homo unmenschlich erscheinen, sind aber uralte Sitte, entsprechen einem fast unumstößlichen Gesetz der Natur. Das Revier wird markiert und wer ungebeten eindringt, muss wieder raus oder er wird mit tierischem Gebrüll, wilden Hornstößen, aggressiven Gebärden und allerlei subtiler Technik bis hin zur polizeilichen Eskorte schonungslos zurück über die Grenze hinausgetrieben und wenn möglich für immer in die Flucht geschlagen.

Wie man es mit den Katzen macht, die haufenweise in den eigenen Garten kommen, ihren Kot am liebsten im Gemüsebeet deponieren oder am Rand der Hauswand, wenn nicht sogar mitten im frisch gemähten Rasen, und dadurch den Flecken Land, den seine Hüter als ein sorgsam gehegtes

Kleinod betrachten, in eine unerträgliche Duft-Oase verwandeln, die man fluchtartig verlässt, um auf den Wegen rund ums Dorf reine Luft atmen zu können.

Dort wundert man sich über die zahlreichen Robidog-Kästen und ähnliche Vorrichtungen, die selbst draußen auf weiter Flur jede noch so winzige Menge von Hundedreck geruchsfrei aufnehmen, während es im eigenen Revier nach den Hinterlassenschaften auswärtiger Katzen riecht. Positiv fällt dabei einzig ins Gewicht, dass in den Wohnungen der Tierhalter der Sand im Katzenklo erst dann gewechselt werden muss, wenn sein Haltbarkeitsdatum abgelaufen ist.

Obendrein untersagt die Gemeindeverordnung jegliches Erschrecken von Tieren, was wohl zur Folge hat, dass Katzen gar nicht vertrieben werden dürfen. Und womöglich das Wohnzimmerfenster nicht zum Lüften geöffnet werden darf, weil dies die Vögel aufschreckt, die sich mit Vorliebe im Zwetschgenbaum aufhalten.

Nun gibt es auch im menschlichen Revierdenken solche, die dableiben dürfen, obwohl sie zuvor nicht da waren. Sie erhalten nach langjährig-ausgiebiger Prüfung oder dank schwer nachvollziehbarer Blitzentscheidung den entsprechenden Aufenthaltsstatus, Geflüchtete, Eingeheiratete, Nicht-Ausschaffbare, dringend benötigte Fachkräfte, Schein-Verfolgte, Arbeitsmigranten, steuerbegünstigte Superreiche, und neben all diesen gibt es noch solche, die einer hoch spezialisierten Untergruppe des Incognitus angehören, die Untergetauchten.

Diese Art des unbekannten Menschen ist solange sichtbar, bis die Grenze des fremden Territoriums erreicht ist und kaum eingedrungen, bleibt sie verschwunden. Man kann sie weder sehen noch weiß man, dass sie da sind. Sie tauchen überall unter, sogar dort, wo es weit und breit kein Wasser gibt.

Manchen Gartenbesitzern wäre es lieber, Hunde und Katzen würden einer ähnlichen Gattung angehören – das untergetauchte Haustier. Seine Hinterlassenschaften kann man nicht riechen und tritt nicht in ihre Haufen. Man müsste sie nicht tagtäglich aus dem eigenen Revier vertreiben und damit wäre auch der Konflikt mit der Gemeindeordnung vom Tisch. Bliebe noch das Problem bezüglich des Lüftens der Wohnung, das einen verbotenerweise zum Vogelschreck werden lässt.

Wahrscheinlich fehlte dem Verfasser der entsprechenden Verordnung schlichtweg der Überblick über die komplexen Wechselwirkungen zwischen Mensch und Tier. Doch Regeln aller Art und Gesetze müssen verfasst und veröffentlicht, ergänzt und revidiert werden, bis sie wieder abgeschafft oder durch neue ersetzt werden, die abermals das gleiche Schicksal erwartet, denn der Homo sapiens sapiens – gemäß seiner Bezeichnung mit Einsicht und Vernunft ausgestattet – weiß zu jedem Zeitpunkt seiner Entwicklung ganz genau, was rechtens ist und was nicht. Das unterscheidet ihn maßgeblich von seinen Vorgängern und befreit ihn davon, natürlichen Gegebenheiten Folge leisten zu müssen.

Das Leben mitsamt seinen Gesetzmäßigkeiten ist seit jeher einem steten Wandel unterworfen. Was gestern Usus war, ist heute eine Untat abscheulichen Ausmaßes. Berichtete vor Jahren jemand aus einer armen Bauernfamilie freimütig, der Hofhund habe zu nichts getaugt, Vater habe ihn erschossen und zum Räuchern in den Kamin gehängt, müsste heute mit dem Schlimmsten gerechnet werden. Der tote Hund bekäme mit Hilfe eines Tieranwalts als Schadenersatz den Bauernhof überschrieben, dessen Inhaber würde zu einer bedingten Strafe verurteilt, im globalen Shitstorm zu Grunde gerichtet und überdies von allen Seiten mit dem Tod bedroht werden. Vom ehemals auf dem Land weit verbreiteten Verspeisen junger Katzen soll gar nicht erst die Rede sein.

Solch Gräueltaten unserer Eltern und Großeltern – die sich keines Fehlers bewusst sein konnten, war doch der Zeitgeist ein anderer – kreiden wir heute kulturlosen, wissensfremden Barbaren an. Währenddessen verschlingen wir die vierfache Menge Fleisch von dem, was unsere Vorfahren verspeisten, importiert von Argentinien über Südafrika bis Neuseeland.

Über das eigene Verhalten, darüber, wie wir uns in der Jetztzeit auf brutale, unmoralische Art schuldig oder auf dümmliche Art lächerlich machen, werden unsere Nachkommen urteilen – heute aber ist alles zweifelsfrei richtig und vollkommen in Ordnung. So gesehen wird verständlich, dass eine Dreißigerzone dort endet, wo der Gehsteig aufhört und die Straße sich gefährlich verengt. Vor der Engstelle wird beschleunigt und Fußgänger – was die Gemeindeordnung nicht untersagt – werden in Angst und Schrecken versetzt.

Das werde weiterhin so bleiben, denn mit dem einfachen Verschieben der Tafel um die notwendigen zweihundert Meter zur Sicherheit der Bevölkerung würde sich die Gemeinde strafbar machen. Auch in vielem anderen seien ihm leider die Hände gebunden, meinte das zuständige Behördenmitglied resigniert, und so erkennt man: die Unfreiheiten, die ein Jahrtausend zuvor herrschten, kommen heute einfach in gewandelter Form daher.

Das himmlische Verdikt belesener Mönche von dazumal wurde durch den Paragrafendschungel einer weltfremden Rechtsordnung ersetzt und die willkürliche, dem Zweck der Bereicherung dienliche Auslegung göttlicher Botschaften machte Platz für eine die Allgemeinheit teuer zu stehen kommende Wortklauberei in kontroversen Gesetzestexten, die, zunehmend zum Selbstzweck verkommend, eine erfolgreiche Weiterentwicklung des Homo sapiens zu lähmen drohen.

Das Angenehme am dörflichen Dasein bleibt, dass sich Seldwyla, das Schildbürgerliche mit seinen menschlichen Unzulänglichkeiten, dem Widersprüchlichen, Absurden und nicht unter einen Hut Passenden in überschaubarem Rahmen präsentiert, während es im urbanen Lebensraum chaotisch aufeinander prallt, sich kompromisslos verdichtet, schrankenlos ausufert und die Menschen aufs Äußerste fordert und überfordert. Genau deshalb üben die Schmelztiegel der großen Städte, Megacities und Metropolitan Areas eine derartige Faszination auf uns aus. Sie sind die Schwarzen Löcher im Siedlungs-Universum, saugen rasend schnell Millionen von Menschen in sich auf, beschleunigen deren Leben, konzentrieren es auf ein Vielfaches der Schwerkraft und spucken es in Tausenden von Variationen und nie zuvor gesehenen Erscheinungsformen wieder aus. Das Dasein in ihnen ähnelt einem gigantischen Puzzle, das sich fortwährend in neue Einzelteile auffächert, die sich zu noch größeren, immer komplexeren Formen zusammenfinden, während sie abermals zerfallen. So wie die bunten, aus sich selbst heraus wachsenden Konstrukte, die von der fraktalen Geometrie hervorgebracht werden, einer mathematischen Spielerei, deren theoretische Erkenntnisse vor einem halben Jahrhundert eine wichtige Grundlage für das Informatikzeitalter schufen.

Der Stadtbewohner wurde zum Homo incognitus in Reinkultur. Er ist das Untertauchen, das Verschwinden in der Anonymität gewöhnt, er genießt es. Er zelebriert das Überleben des auf sich allein gestellten Individuums inmitten der Masse. Mit dem Selfie-Stick in der Hand hebt er sich aus der Menge hervor und outet sich als ein auf sich selbst fokussierter

Erdenbewohner. Wie könnte er ohne das Betrachten seiner Selfies unter Abermillionen von Mitbewohnern überhaupt der eigenen Person begegnen? Er braucht sein Ich und liebt es mehr als alles andere.

Vermutlich wurde das Ego in der Stadt erfunden. Irgendwann zu den Zeiten von Uruk und Babylon, als in Mesopotamien die ersten monumentalen Siedlungen errichtet wurden und sich die Menschen beim Turmbau zu Babel zerstritten, während sich König Gilgamesch auf die Suche nach der Unsterblichkeit begab.

Auf dem Land, da hatte von alters her die Gemeinsamkeit Vorrang und das Miteinander war ein wichtiges Survival-Tool. Zudem lag der Friedhof so nahe, dass niemand auf die Idee kam, nach der Unsterblichkeit zu suchen. Nachbarschaftshilfe, die Allmende als Gemeingut, Kooperation bei Waldwirtschaft und Wasserversorgung, genossenschaftliches Denken, vieles davon hat seinen Ursprung im ländlichen, landwirtschaftlichen Leben. Zu viel des Ichs schien dabei eher hinderlich, vielleicht sogar beängstigend, denn man wurde ja überall gesehen, war allen bestens bekannt, weitgehend ohne Privatsphäre – da war kein Platz zum Abtauchen und der Datenschutz noch nicht erfunden. Dieser ermöglicht dem neuzeitlichen Dorfbewohner, dem Zugewanderten, eine Art von anonymen City-Dasein in der Grünzone vor den Toren der Stadt. Die schon lange keine Mauern und Tore mehr hat, sondern sich unaufhörlich einem zähflüssigen Lavastrom gleich den Verkehrswegen folgend ins umliegende Land ergießt. Ob dieser Zustand wünschenswert erscheint oder nicht, dem Homo incognitus gehört die Welt von morgen. Die Alteingesessenen, seit Menschengedenken im Ländlichen verwurzelten, die wissen noch voneinander, sind über Generationen vereint, zerstritten, verschwägert, im

Vereinsleben und durch kulturelles Brauchtum miteinander verbunden – aber es werden ihrer immer weniger.

Der Nomade ist sesshaft geworden. Aufgenommen von einem Dorf. In die Stadt, die in einst wider seinen Willen ausgespuckt hat, will er nicht zurück, auf keinen Fall. Nicht, weil er das Stadtleben nicht mag, sondern weil er es kennt. Wenn ihn gelegentlich eine meist formelle Angelegenheit dorthin zurückführt, gibt es Momente, in denen er andächtig innehält, das dichte Treiben beobachtet, die Mischung aus überbordenden Fassadenfluten, engen Gassen, pulsierenden Knotenpunkten, sauber aufgereihten Wohnblöcken, kleinen grünen Oasen, seltsamen Industriekomplexen und schattigen Hinterhöfen. Dann befällt ihn eine Art Wehmut, fast ein sehnsüchtiges Verlangen, und er versucht zu ergründen, wer er denn wäre, würde er immer noch in der City leben, sinniert darüber nach, wo seine Spuren auf dem Stadtplan sichtbar würden – und mit einem Male verwirft er diese Gedanken genauso schnell, wie sie an ihn herangetreten sind.

Während die fest Verankerten, seit Generationen am selben Ort wohnhaften Beständigkeit vor Augen haben, sieht derjenige, der als Nomade zur Welt kam, das Leben aus dem Blickwinkel eines Wanderers, er spürt das Provisorische, Vorläufige und Wechselhafte, das allem anhaftet. Der ewige Wandel sei das einzig Beständige, meinten die chinesischen Weisen im zweiten Millennium vor Christus, und die hellenischen Denker doppelten nach mit der philosophischen Erkenntnis, alles befinde sich permanent im Fluss, ununterbrochen, unaufhaltsam – von Tag zu Tag, von einem Ort zum anderen, aus einer Epoche hinüber in die nächste.

Die Gezeiten der Meere machen die Natur lebendig, der zyklische Wechsel des Klimas gestaltet die Landschaft und so ist auch der Rhythmus des Homo sapiens geprägt – dem können sich selbst diejenigen, deren Vorväter bereits im Dorf lebten, nicht entziehen. Es gibt Zeiten von Ebbe und Flut, der Jugend und des Alters, des Regens und der Dürre. Oder Jahre des vibrierenden Stadtlebens im wiederkehrenden Wechsel mit einem gemächlichen Dasein auf dem Land, wie sie der Wanderer erlebte, der seit zwei Jahrzehnten zu den Sesshaften zählt.

Kurz nach seiner Geburt wurde ein viel zu enges Gitterbett sein erstes Zuhause, in einem Kämmerchen auf dem zweiten Stock einer Großstadtsiedlung, ein paar Jahre darauf schaufelte er in der trockenen Erde herum, die unumzäunt in das Buschland von ulkigen Kängurus mündete, gerade eingeschult, überquerte er eine vierspurige Straße samt Straßenbahngleis, um in die schattige Allee zu den Rosskastanien zu gelangen, denen er nachsprang, wenn sie auf den Asphalt fielen, aufplatzten und ihren glänzenden Kern freigaben, und als sich das Blatt abermals wendet, lernt er am Hang unterhalb eines knorrigen Birnbaums in einem berggesäumten Tal die ersten Schwünge auf Skiern. So nimmt alles seinen Lauf, mal wechselhaft, mal bleibend, und wenn ein Weltläufiger über zahlreiche Umwege auf das Land zurückkehrt, glaubt er zumindest zu wissen warum.

Das Wort Heimat muss es sein – dieser schöne, aber auch viel strapazierte und oft missbrauchte Begriff. Etwas, dem der Duft des Vertrauten anhaftet, das den Blick in tausendfach Geschautem ruhen lässt, etwas, das zum Mittelpunkt wird im launischen Wechselspiel der Existenz, zu einem Hafen, in dem das Schiff Schutz findet in stürmischen Zeiten.

Obwohl der Homo erectus früh zum Wandernden geworden war und dieses Erbe über Millionen Jahre weitergab, scheint das Bedürfnis nach Heimat, nach Wurzeln schlagen und

Verwurzeltsein eine ebenso alte Sehnsucht der Menschheit zu sein und die Suche danach führt manche als Auswanderer in fremde Länder, eine Terra incognita, andere zurück zu Bewährtem, zurück an den eigenen Ursprung.

Auch in der Natur begegnet man häufig einer engen Beziehung des Lebens mit seiner Herkunft und einer Heimat, bei manchen Arten verbindet sich ein nomadisierendes Dasein mit dem festen Platz des Gewohnten, des von Geburt an Bekanntem. Fische und Schildkröten suchen nach Jahren den Ort ihrer Geburt auf, um dort zu laichen, ein Storchenpaar findet sich nach winterlichen Schlaufen durch Dutzende afrikanischer Staaten – sie hinüber nach Kenia, Tansania, er durch Zentralafrika hinab ans Kap der Guten Hoffnung – am Ort der Trennung wieder, um zum vertrauten Nest in ein polnisches Dorf zurückzukehren, Jahr für Jahr über tausende von Kilometern unterwegs und Sommer für Sommer sesshaft, ein Leben lang am gleichen Ort.

Vielen wird sie ohne besonderen Aufwand zuteil, diese Heimat. Sie wachsen als Kind in sie hinein, wie der Nussbaum, der von Anbeginn den ihm zugehörigen Platz findet, andere müssen ihr Zuhause im Laufe der Zeit selbst entdecken, auf einer unsichtbaren Landkarte ertasten, erfühlen, bis es sich ihnen eines Tages unerwartet vor die Füße legt. Manche bleiben für immer wurzellos, aus freien Stücken, beseelt vom Wandertrieb vergangener Hirtenvölker und Jagdkulturen oder mitgerissen als eine Art Treibgut, das von den Flutwellen einer hypermobilen Gesellschaft andauernd fort- und weitergespült wird.

Dagegen bringt das heimatliche Verweilen an dem Platz, der für einen bestimmt gewesen war, oder gefunden, vom Lebensfluss zugeteilt wurde, etwas Beruhigendes, Beschauliches mit sich, und selbst wenn sich dabei gelegentlich eine

Spur von Schläfrigkeit breit macht, mag diese Portion Passivität, die den Verankerten, Beheimateten vom ruhelos Suchenden, dem durch das Schicksal ständig auf Trab Gehaltenem unterscheidet, ihren Preis wert sein.

Es tut gut, die Rosen zu schneiden in der frühen Stunde des Tages – gleich nachdem die nächtliche Traumreise dem Erwachen Platz gemacht hat, in die kühle Luft des Gartens hinauszutreten, um etwas völlig Belangloses zu tun. Ein paar verblühte Äste abknipsen, ohne dabei ein Ziel zu verfolgen, denn Rosen schneiden müsste man laut Gartenratgeber nur gelegentlich, keinesfalls aber Morgen für Morgen. Täglich Steine harken im Zengarten des Klosters müsste man ebenso wenig, der Kies bleibt in Kyoto ohne menschliches Zutun genauso liegen wie keltische Menhire im Wald verweilen, ohne dass sich ein Müßiggänger um sie kümmert.

Dies mag der Grund sein, weshalb es von Bedeutung ist, sich im Wald auf einem der Hinkelsteine niederzulassen: weil dabei nichts geschieht, genau wie beim Rosen schneiden, sich nichts verändert, wie auch beim Zählen von Wolken oder den meisten politischen Debatten.

Heimat und Vaterland sind ein Politikum, wenn nicht sogar das bedeutsamste. Die Begriffe können so ausgelegt werden, dass der Homo, vor allem derjenige männlichen Geschlechts, solange er noch jung und unerfahren ist, von der Idee beseelt sein kann, für seine Nation den Heldentot zu sterben. In Gegenden, in denen man an Reinkarnation glaubt, wäre solch ein Lebensziel nachvollziehbar – hätte doch der zu Tode Gekommene noch einige Wiedergeburten vor sich, in denen er auf eine Belohnung für sein heroisches Dahinscheiden hoffen dürfte. Im zumeist christlichen Abendland gestaltet sich die Situation ungemütlicher, und sollte man im Kampf gegen die Falschen fallen, droht – als ob der Verlust des eigenen Lebens nicht Ungemach genug wäre – zusätzlich die ewige Verdammnis. Davor hätte sich Huldrych Zwingli eigentlich fürchten müssen, der im Kampf gegen Glaubensbrüder alle Zukunftspläne und sich selbst begrub.

Das Einzige, was auf patriotische Weise gefallenen Helden mit Sicherheit bleibt, ist das Kriegerdenkmal. Mancherorts erinnert sich jedes Dorf, jede Stadt in periodisch wiederkehrenden Anlässen der in vergangenen Schlachten zugrunde Gegangenen – widersinniger Weise ohne den geringsten Groll denjenigen gegenüber, die sie mit vaterländischem Pathos in den Tod getrieben haben. Es galt ja die Heimat zu verteidigen.

Wer Wurzeln geschlagen hat und diese lieben gelernt hat, kennt die verborgene Angst vor einem möglichen Verlust derselben und so mag jedes Mittel recht erscheinen, sie zu erhalten. Mit dem Wegfallen von Vertrautem, nationalen oder sonstigen Werten zu drohen, hat sich deshalb als probates Mittel der politischen Manipulation etabliert. Vollkommen vergessen geht, dass der Verlust der Heimat für zahlreiche Bewohner dieses Landes von ganz anderer Seite droht. Sie sind Mieter und die Rechte der Besitzlosen sind in einem auf freisinnigen Werten aufbauenden Staatsgebilde natürlicherweise beschränkt. Oder sind Arbeitsnehmer, die sich durch eine Kündigung gezwungen sehen, Wohn- und Arbeitsort zu wechseln.

Mieter und Angestellte sind in ihrer Heimat kaum mehr als Asylanten mit einer vorübergehenden Aufenthaltsgenehmigung oder Arbeitserlaubnis, die jederzeit widerrufen werden kann. Sind Menschen, die Zehnten zu leisten haben wie die Leibeigenen des Mittelalters, wobei ihre Zahlungen das damalige Zehntel um ein Mehrfaches übertreffen, weshalb der moderne Unfreie unter der Last der geforderten Abgaben ächzt wie seine Ahnen unter der Ausbeutung durch die Klosterbrüder. Der evolutionäre Fortschritt besteht darin, dass man sich vor tausend Jahren den Buckel krumm und die Knochen wund arbeiten musste, während der Leistungsdruck von heute die psychische Gesundheit gefährdet. Und darin, dass für die Legitimierung solcher Zustände kein göttlicher Wille mehr missbraucht werden muss, weil an dessen Stelle von Menschenhand geschaffene Gesetze treten.

Wenn nach dem ruhigen Beginn eines neuen Tages, begleitet von einem Hauch zarten Rosendufts, in den sich je nach Windrichtung das Rauschen der nahen Autobahn drängt, der Weg in den Alltag hinüberführt, kommt gelegentlich ein Moment auf, gefüllt mit Melancholie. Dorf und Haus und Garten – sie sind zum Inbegriff von Heimat geworden, herangewachsen zu einer Form von Beständigkeit, wie sie der mächtige Nussbaum hinter der Scheune verkörpert. An keinem Ort auf diesem gewaltigen Erdball drangen die Wurzeln des ehemaligen Wanderers tiefer in sättigenden Boden und die Bilder seiner jahrzehntelangen Odyssee haben sich aufgelöst in bloßer Erinnerung, während die Sesshaftigkeit zur allgegenwärtigen, fruchtbaren Gewohnheit wurde. Hundertjährige Mauern hinter blühenden Rosenstöcken haben ihn mit offenen Türen aufgenommen und manches Mal erfüllt ihn ein Gefühl, als bewohne er nichts Geringeres als ein Stück des Gartens Eden. Doch der Erwerb des Hauses blieb ihm verwehrt und so begleitet ihn die schleichende Ungewissheit, ob eines Tages die Vertreibung droht.

Aus dem Paradies ausgewiesen zu werden ließe sich – aus christlicher Sicht – mit einer Sünde erklären, nur wüsste er nicht, wo sein Fehlverhalten zu finden wäre. Er unterhält seine Wohnstätte mit Wertschätzung für deren Umgebung und

Respekt gegenüber der Natur, wie es die Sesshaften aller Zeiten taten, bis zurück zu Chuonrat, jenem mittelalterlichen Bewohner in der Geburtsstunde des Dorfes.

Doch der Unfreie von dazumal hatte sein Heim, das zwar ebenso wenig eigener Besitz war, nicht selten als Erbpächter zur Bewirtschaftung. Grund und Boden gingen mitsamt Abgabeverpflichtungen an Kinder und Enkel über und der Begriff Heimat nahm für sie feste, dauerhafte Formen an. Formen, für die es sich vielleicht sogar zu sterben lohnte. Der Unfreie von heute hat diesbezüglich weniger Rechte, er bleibt in seinen vier Wänden ein vorläufig Aufgenommener, der auf Geheiß termingerecht die Wurzeln auszureißen hat und weiterziehen muss. Ob das wie bei der Walnuss zu bleibenden Schäden führt, dazu gibt es verständlicherweise keine wissenschaftlichen Studien.

Zahlen und Fakten

Hat eine Ansiedlung Hunderte von Jahrringen angesammelt und erreichen diese eine Jubiläumszahl – zum Beispiel neunhundert – ist dies allemal ein paar Feierlichkeiten wert. Die Dorfchronik wird wiederbelebt, neu aufgelegt und mit einem Festprogramm an alle Haushaltungen verschickt. Dadurch werden einige der Bewohner daran erinnert, wo sie beheimatet sind und finden sich wieder in einer Art von historischer Bedeutsamkeit, einem Eingebettetsein in den immerwährenden Fluss der Zeit. Für andere bedeutet es nur, dass es ein paar gute Gründe mehr gibt, wieder mal einen über den Durst zu trinken und sie sind froh, dass man auf solche Gelegenheiten nicht immer derart lange warten muss.

Neunhundert Jahre. Namenlos reihen sich Generationen aneinander, zusammen mit überlieferten Dorfgeschichten bilden sie eine Perlenschnur, die bis ins zwölfte Jahrhundert zurückreicht und einen Zeitraum sichtbar macht, der jede persönliche Vorstellungskraft übersteigt, alle menschliche Erinnerung weit hinter sich lässt. Es mag noch eine Hundertjährige geben, die sich erinnert, wie ihr Urgroßvater von den unglaublichen Geschichten erzählte, mit denen einst der alte Dorflehrer ihm und seinen Schulkameraden Angst und Schrecken eingejagt hatte. Während er mit dem Schlagstock über ihren Köpfen herumfuchtelte habe er schauerliche Schilderungen vom gewaltigen Heer der Franzosen von sich gegeben. Mit unmenschlichem Getöse seien diese durch die Gegend gezogen, das nebensächliche Aarau hätten sie zur helvetischen Hauptstadt erkoren und auch sonst alles durcheinander gebracht in diesem Land, das sich doch in unablässiger Freiheit und ewiger Unabhängigkeit wähnt. Jenseits des Flusses dort unten hätten sie sich mit wackeren Innerschweizern blutige Schlachten geliefert, deren Spuren noch ein Menschenleben später zu sehen gewesen seien. Gewehrsalven und Kanonendonner seien über den Talgrund herbeigeweht worden und die Kinder hätten sich auf Geheiß des Pfarrers zusammen mit ihren Müttern oberhalb des Dorfes im Holz zu verbergen gehabt, damit ihnen Gott Schutz gewähre vor jenen Fremden, die wohl nur der leibhaftige Teufel habe herbeirufen können. Danach sei es totenstill gewesen in der Schulstube und manch einer habe sich unter den klobigen Bänken versteckt. Und Franzosen seien sogar noch Großvater und Vater ein Schreckensbild geblieben.

Wie viele weitere Episoden, wie viel Schicksal und Vermächtnis werden in neunhundert Jahren zu Grabe getragen. Entlang zahlloser Ereignisse dreht sich das Rad der Zeit zurück, die Kämpfe der Kirchenspaltung liegen versunken in den Schatten der Vergangenheit, von einer Milchsuppe aus dem Nachbardorf ist die Rede, die zum Friedensschluss habe beigetragen. Harte Winter vertreiben die Erinnerung an warme, fruchtbare Jahrhunderte, während sich die ländliche Bevölkerung zögernd dem Würgegriff klösterlicher Herrschaft entwindet. Davor beginnt ein neues Staatengebilde an Raum und Einfluss zu gewinnen, hinter dem Bergmassiv, das den Horizont dominiert, wenn man gegen Süden blickt, dort auf einer Wiese über dem See wird es geboren, wie man später in den Geschichtsbüchern wird nachlesen können. Drei Männer und ihre zum Schwur erhobenen Finger mögen es gewesen sein, drei Siegel bezeugen ihr Bündnis, das den Beginn der helvetischen Geschichte markiert. Generationen zuvor, als die Wiege für die Geburt dieses Landes noch nicht bereit steht und ein einfacher Mann die Felder bewirtschaftet, verbrief eine Urkunde dem Dorf seine Existenz, setzt damit die örtliche Zeitrechnung auf null und legt den Grundstein für alle zukünftigen Jubiläumsfeiern.

Nun darf endlich gefeiert werden. Erstaunlich was eine Null, die für sich allein ein Nichts ist, im menschlichen Verstand auszulösen vermag, wenn sie mit einer vorangestellten Zahl wie zum Beispiel der Neun daherkommt. Eine Null macht einem runden Geburtstag, zwei oder drei Nullen geben Anlass für ausschweifende Festivitäten. Dagegen ist auch nichts einzuwenden. Sich aus dem Alltäglichen zu befreien, um etwas Außergewöhnliches zu erleben, frischt die Sinne auf, macht das Leben interessant. Besonders, wenn man in Landstrichen beheimatet ist, denen Zwingli, Calvin und andere sich wichtig gebärdende Persönlichkeiten ihren puritanischen Stempel aufgedrückt haben.

Ihr ursprüngliches Vorhaben war es unter anderem, der Kirche ihre vielen Güter, die diese sich über Jahrhunderte trickreich zugeschanzt hatte, wieder abzunehmen und einen korrupten Klerus in Schranken zu weisen, der fast ausschließlich dem Pokerspiel von weltlicher Macht und Reichtum frönte. Im gleichen Atemzug aber aberkannten Luther und seine Mitstreiter den Gotteshäusern jegliches Recht auf Stil und Ausstrahlung, obwohl doch gerade religiöse Bauten zu den bedeutendsten Kulturschätzen der Menschheit gehören. Moscheen, Kirchen, Tempelanlagen rund um den Erdball, sie beeindrucken durch atemraubende Schönheit, vereinen filigrane Ästhetik mit monumentaler Kraft, sind gleicherweise Wunder der Baukunst wie mystische Orte, deren Energie dem Dank für das Dasein Ausdruck verleiht. Zusätzlich zu diesem Bildersturm, der von der Kanzel aus verordneten Plünderung von Kirchenschätzen und Massenvernichtung von Kunstwerken verschrieben diese Reformatoren dem Volk ein Übermaß an Enthaltsamkeit, Anstand und Arbeit, oder wenn man letztere nicht hat, halt Anstehen um Arbeit.

Manche Revolution entgleist und frisst ihre eigenen Kinder. So erneuerten sie nicht nur die Kirche, wie ursprünglich vorgesehen und setzten dem Freikaufen von den Sünden ein Ende, sondern legten dem Alltagsleben derart strenge moralische Fesseln an, dass das gemeine Volk darin beinahe zu ersticken drohte. Ein eigens dafür einberufenes Gremium, der sogenannte Stillstand wachte in ihrem Auftrag über das Sittenleben in Dorf und Bezirk, und alsbald kümmerten sich diese Aufseher nicht nur um Verstöße gegen das Ehegesetz oder ein Fernbleiben vom Gottesdienst, sondern verfolgten mit krankhaftem Eifer jegliches ihrer Meinung nach auffällige Benehmen, um es ihren Obrigkeiten zu melden. So soll es vorgekommen sein, dass einfache Jauchzer oder ein kurzer Freudenhüpfer als grob unsittliches Verhalten taxiert und deren oft wenig bemittelte Verursacher mit drastischen Geldbußen belegt wurden. Unter so viel Engstirnigkeit kam der angenehme Teil des Daseins, der für die Ärmeren ohnehin äußerst knapp bemessen war, wortwörtlich zum Stillstand und mancher wird sich gewünscht haben, das Land wäre von diesem Zwingli und seiner Zwanghaftigkeit verschont geblieben. Der Schlachtfeldtod des einstigen Reformators, der je länger desto mehr weltlichen Großmachtfantasien verfallen war, vermochte daran nichts mehr zu ändern. Noch heute schwebt das Erbe seiner freudlos lustfeindlichen Moral als Schatten über jenen Gegenden, die Jahrhunderte lang in seinem Sinne erzogen wurden.

Ganz ließen sich der Keim der Freude und die Erinnerung an eine urzeitliche Wildheit nicht ausrotten und aus dem Dornröschenschlaf erwacht haben sie die Menschen wieder in die Arme genommen. Wie die Natur nach langen Trockenperioden umso stärker ausschlägt, so treiben sie jetzt ihre Blüten in allen Farben und Formen. Jeder mögliche Anlass wird zum Feiern genutzt und besondere Ereignisse werden aufwändig vorbereitet, stilvoll zelebriert, ausgelassen begangen, machen Nüchternheit und übermäßigen Anstand von fünfhundert Jahren reformatorischer Zucht vergessen. Auch wenn die Feste heutzutage weniger von mystischen Bildern und Ritualen begleitet werden und es zumeist keine kunstvoll gestalteten Kultstätten mehr sind, die dazu einladen – zu einer aufsehenerregenden Party genügt auch ein siebenundfünfzig Kilometer langes, gleichförmiges Bohrloch durch Gestein und Gebirge, oder drei Nullen, die man Millennium nennt.

Wäre es nach einem seiner ehemaligen Bewohner gegangen, hätte das Dorf bereits einige Zeit zuvor ein bedeutsameres Jubiläum erleben können – ein ganzes Jahrtausend Ortsgeschichte. Dieser Meinrad war ein Mann von sonderbarem Charakter gewesen, schweigsam und gehüllt in einen Mantel der Unnahbarkeit verbrachte er sein Leben in einem Häuschen, das ihm seine früh verstorbenen Eltern hinterlassen hatten. Unter dieser Verschlossenheit verbarg sich ein äußerst wissensdurstiger Mensch, einer, der Zeit seines Lebens mit einer nie enden wollenden Suche beschäftigt war.

Im Verlauf seiner Studienjahre hatte er die Freizeit häufig in den Lesesälen von Bibliotheken und Archiven verbracht. Obwohl er in erster Linie fasziniert war vom Modernen, Zukunftsweisenden, tauchte er manchmal auch tief ein in Vergangenes, als wolle er dort die Wurzeln und die Herkunft des Zukünftigen ergründen. Dabei war er in einer historischen Quelle zufällig auf den Namen seines Heimatortes gestoßen. Im Jahr neunhundertachtundneunzig nach Christi Geburt trat dessen Name erstmals in Erscheinung, zu einem Zeitpunkt, der, so schien es ihm, perfekter nicht hätte sein können, war doch sein Geburtsjahr ebenfalls achtundneunzig.

Meinrad liebte Zahlengebilde, er spielte mit ihnen und sie lösten allerlei fantastische Vorstellungen in ihm aus. Im Grunde genommen verknüpfte er sein ganzes Dasein mit ihnen und mitunter verfing er sich dabei derart im Gewirr selbst gesponnener Netze, dass er nicht wusste, wo er sich gerade befand und sein leibliches Wohl vergaß. In seinem rastlosen Denken und Suchen aber wurde die Geburtsstunde seines Dorfes zu einem roten Faden, der seiner Existenz fortan eine besondere Bedeutung verlieh.

Entgegengekommen war Meinrad bei der Auslegung der alten Urkunden, dass es sich bei den Aufzeichnungen nicht um ein frühmittelalterliches Original, sondern eine später verfasste Abschrift gehandelt hatte, deren Schrift für den Geübten ohne allzu große Schwierigkeiten zu lesen war. Zwar war es auf Grund der altertümlichen Schreibweise des Namens, dem althochdeutschen entnommen, nicht einfach gewesen zu klären, ob es sich bei der vor fast tausend Jahren erwähnten Kirche mit dazugehöriger Hofstatt tatsächlich um die Örtlichkeit handelte, aus der das Dorf mit seinem heutigen Namen hervorgegangen war – schlussendlich hatte ihm ein namhafter Historiker bestätigt, dass er mit seiner Recherche vollkommen richtig lag. Die gefundene Textstelle bezog sich zweifelsfrei auf seinen Heimatort, und – wovon er natürlich keine Kenntnis haben konnte – auf genau jenen Flecken Erde, wo man im zwölften Jahrhundert den Bauersmann antrifft, dem an einem eisklaren Winterabend die Ewigkeit begegnet.

Verbrieft als Eigentum der Abtei vom Fabaria fand sich der Ort aufgelistet mit zahlreichen Stätten landauf, landab, die allesamt der gleichen klösterlichen Obrigkeit unterstellt waren. Die Originalurkunde, die dies einst bezeugt hatte, musste eine Bulle des Bischofs von Rom gewesen sein, aus dem fernen Süden gesandt hatte sie auf historischen Pfaden die Alpen überquert, wohl der von den Römern angelegten Via Spluga folgend. Den sumpfigen Niederungen des nordwärts fließenden Alpenstromes ausweichend hatte der Weg den damaligen Kurier über einen weiteren Pass geführt, den Kunkelspass, dem eine Muschel den Namen gegeben hat und der deshalb in bergiger Höhe auf eigentümliche Weise an das Leben auf dem Grund des Meeres erinnert.

So wird das Schriftstück die entlegene Abtei unter den himmelhohen Felsen erreicht haben, deren Bedeutsamkeit und Besitz verbriefend, versehen mit dem Bleisiegel der päpstlichen Kanzlei. Aufzufinden war es offensichtlich nicht mehr, das alte Pergament. Ob es zum Anfeuern im rußigen Herd landete, in eine mittelalterliche Papiersammlung gelangte oder als unleserlicher Fetzen in einem moderenden Kellergewölbe zerfiel, sein Schicksal wird verborgen bleiben. Glücklicherweise hatte, bevor es verschwand, ein Mönch sich die Mühe genommen, eine Abschrift zu erstellen und dadurch der Nachwelt die Möglichkeit gegeben, in den erwähnten Orten tausend Jahre später eine entsprechende Jubiläumsfeier abzuhalten.

Seit dem Tag, als Meinrad diese Aufzeichnungen erstmals zu Gesicht bekommen hatte, war die Angelegenheit in seinen Gedanken zu einem Plan herangereift, der seiner Ansicht nach schlichtweg einzigartig war. Bereits in jungen Jahren war er nahezu besessen gewesen von der Vorstellung, hundert Jahre alt zu werden, weniger des Lebensreichtums halber, die diese versprechen könnten, sondern wegen diesem magischen Zahlenwert. Erst in den Dreißigern mochte er ohnehin nicht daran glauben, wie so manch anderer in seinem Alter, dass die eigene Existenz dereinst ein Ende haben sollte. Demzufolge erschien ihm die Hundert, die er sich ohne weiteres zugestand, auch keineswegs des Guten zu viel, sondern etwas Selbstverständliches. Schließlich war es ihm vergönnt, in der Moderne zu leben, im Gleichschritt mit den bahnbrechendsten Errungenschaften aller Zeiten, inmitten eines rasanten Aufbruchs zu neuen Horizonten, mit dem auch die Lebenserwartung sprunghaft zuzunehmen begann – darüber hinaus war es eine Epoche, in der die Zahlen, mit denen Gelehrte, Forscher und Möchtegern-Wissende um sich warfen, immer grösser und fantastischer wurden. Die Tausend, die dem Dorfbewohner Chuonrat Generationen zuvor nur mit Bedacht und nahezu religiösem Respekt über die Lippen gekommen war, hörte man in diesen Tagen bereits aus jedem Kindermund.

Nicht nur die Zahlen als solche, sondern auch deren Auswirkungen auf die Lebensumstände faszinierten ihn. Dazu gehörte unter anderem die Geschwindigkeit, mit der der Mensch sich fortbewegen konnte, und obwohl diese den monströsen Zahlengebilden weit hinterherrannte, sich gerade erst der dreihundert angenähert hatte, nahm diese in seiner Auseinandersetzung mit dem Dasein einen gewichtigen Platz ein.

Es erstaunt daher wenig, dass ihn die Fliegerei faszinierte und er Berichte über Autorennen las, allen voran diejenigen über die jährlich stattfindenden vierundzwanzig Stunden von Le Mans. Wochen zuvor spekulierte er täglich darüber, wie viel schneller und weiter dieses Mal gefahren werde. Nach dem Rennwochenende würde er im Restaurant Löwen zu Mittag essen und sich auf die neueste Ausgabe der Zeitung stürzen. Nicht, dass ihn dabei etwa die Namen der Helden interessierten, die in verrückten Karossen ihr Leben aufs Spiel setzten oder er sich einen Bentley oder Alfa Romeo gewünscht hätte, um selbst am Steuer zu sitzen. Nein, das alles waren Trivialitäten im Vergleich zu dem, was ihn tatsächlich faszinierte. Ereignisse, die mit Schnelligkeit, mit riesigen Entfernungen und immer gewaltigeren Zahlen zu tun hatten, empfand er als eine Annäherung an die Unendlichkeit. Sie ermöglichten eine Art von Heranpirschen an etwas Unbegreifliches, das mit Hilfe einer Welt von Ziffern und Zahlen zu gelingen schien.

Der Umstand, dass das dereinst anstehende Millennium seines Wohnortes exakt zusammenfallen würde mit seinem hundertsten Geburtstag, dem eigenen Centennium, konnte und durfte kein Zufall sein und verlieh ihm das Gefühl auserlesener Berufung. Gelegentlich multiplizierte sein Gehirn bedenkenlos die anstehende Jubiläumszahl des Dorfes mit seiner eigenen, rechnete er in Hunderttausenden hoch Hunderttausend, versuchte zu ergründen, wie viele Male er diese Potenzen noch zu potenzieren hätte, um in einen Bereich vorzustoßen, von dem aus man am Zahlenhorizont Anzeichen der Unendlichkeit erkennen könnte.

Im Vergleich zu seiner großartigen Idee aber rückten solcherlei Rechenspiele in den Hintergrund. Dank der alten Urkunde hatte sich aus dem Mitfiebern mit wachsenden Zahlenwerten, seiner Faszination für Geschwindigkeiten und gewaltige Zeiträume eine konkrete Lebensaufgabe herauskristallisiert. Ein Plan, den er möglichst lange würde geheim halten wollen. Anno neunzehnachtundneunzig würde er hundert Jahre alt werden, das Dorf tausend, und genau aus diesem Grund war es ihm als erstem vergönnt gewesen, die Bedeutung zu entdecken, die diese alte Urkunde in Bezug auf seinen Geburtsort hatte, wodurch ihm zweifelsohne die bedeutsame Aufgabe zufiele, die Festlichkeiten dieser Tausend detailliert vorzubereiten. Ebenso selbstverständlich würde er die wichtigste Person dieses Anlasses sein, diesem als Präsident vorstehen und als Redner nach Jahrzehnten des Schweigens sich in Alter und Würde als Kenner aller Zahlen vorstellen können – als jemand, der selbst die Unendlichkeit begriffen und verstanden habe.

Im Augenblick, als er Platz nimmt am Gartentisch des Restaurants, verkündet die gegenüberliegende Kirche die Mitte des Tages. Lächerliche zwölf Mal, so kommt es ihm vor, eine verschwindend kleine Zahl angesichts von Äonen und Lichtjahren, besser wäre es, die Sekunden zu zählen, dann hätte man bei Tageshälfte die dreiundvierzigtausend erreicht. Doch die Ergebnisse des Rennens sind der eigentliche Grund für sein frühes Erscheinen, ungeduldig reißt er die Neue Zürcher Zeitung an sich, wird im hastigen Blättern gestört durch die Frage nach seiner Bestellung und muss wieder von vorn beginnen. Endlich findet er das Gesuchte, starrt schockiert auf die Zahlen. Erstmals seit Jahren hat die Rekordjagd versagt, der Fortschritt ist ausgeblieben, die Siegerzeit hinkt hinter der des Vorjahres hinterher und das fühlt sich für Meinrad an, als drohe der Menschheit ein Rückfall ins Mittelalter. Während er gewöhnlich die ganze Tageszeitung durchforscht im Warten auf sein Essen, legt er sie dieses Mal in maßloser Enttäuschung über den Rückschritt in Le Mans beiseite, achtlos, ohne sie eines weiteren Blickes zu würdigen.

Dadurch entgeht ihm ein scheinbar unbedeutender Artikel, der über einen Kongress von Professoren und Archivaren berichtet, an dem darüber debattiert wurde, inwieweit es sinnvoll sei, an Historischen Fakultäten Magisterarbeiten zuzulassen, die sich ausschließlich mit der Echtheitsprüfung alter Urkunden befassen. Hätte er diesen Beitrag gefunden, ihn Wort für Wort durchgelesen, würden ihn womöglich noch weitaus entsetzlichere Zweifel plagen, vermutlich aber hätte er den Abschnitt übersprungen, weil darin so gut wie nicht von Zahlen die Rede war.

Ein Automobil brummt schwerfällig vorüber, in seiner Staubwolke ertönt der Doppelschlag der Kirchenglocke, nichtige dreißig Minuten sind verstrichen, schneller müsse der Mensch sich bewegen, um dieser Beschränktheit des Stundentaktes entkommen zu können, weitaus zahlreicher sollten solche Kraftfahrzeuge das Dorf durchqueren, würdevolle Zeugen menschlichen Fortschritts seien sie, Vorboten einer Entwicklung heran an die Ewigkeit, wie das persische Großreich, dass zu seinen, Meinrads Lebzeiten stolze zweieinhalbtausend Jahre Bestehen würde feiern können, und ob das aufgetragene Menu heute denn nicht seinen Wünschen entspreche, doch natürlich, alles sei in Ordnung wie immer, antwortet er der Kellnerin, während seine Augen vor sich einen Rest erkaltete Wurst entdecken, kaum zehn Zentimeter lang, unbedeutende zehn, aber wäre er Orientale, würde er mitfeiern können dort in Kleinasien an Seite des vor kurzem frisch gekrönten Schahs des Morgenlandes und nicht ein Leben lang auf das Millennium des eigenen Dorfes warten müssen, den Warten empfindet er in dieser Epoche großartiger Erfindungen ohnehin anachronistisch, nichts als vergeudete Zeit, wie auch diese sinnlose Leere zwischen den Schlägen der Turmuhr, in der so gut wie gar nichts geschieht, aber er könne ja zu gegebenem Zeitpunkt dorthin reisen in dieses altehrwürdige Kaiserreich, und selbstverständlich kann man ein lächerliches Stück Fleisch auf dem Teller einfach verspeisen, ohne dessen Länge zu schätzen, diesen Zipfel Bratwurst, doch was wäre das Dasein ohne die Kraft der Ziffern, und mit der Erfahrung jener persischen Festivitäten würde er die Jahrtausendfeier des Dorfes wegweisender gestalten können, dann, wenn die Zahlenunkundigen aus dem Schlaf der Unwissenheit gerissen endlich ein Bisschen etwas von der Bedeutung der Unendlichkeit begreifen würden, und so legt er das Kleingeld für das beiläufig Verzehrte vorsorgend auf den Tisch, um nicht durch weitere Fragen aus wichtigen Gedanken gerissen zu werden, ihn aber stattdessen, während der goldene Zeiger der Uhr sich träge zum Kulminationspunkt hinaufquält, eine unerwartet freundliche Begrüßung aufschreckt seitens des jungen Dorflehrers, welcher am Nebentisch Platz genommen hat, ebenfalls Kaffee bestellt, und obwohl dieser gestrenge Mann jünger, unerfahrener ist als er, empfindet er Achtung für ihn, ist er in seinen Augen der einzige Einheimische außer ihm selbst, der sich der enormen Wichtigkeit der Mathematik und ihrer Nullen bewusst ist, hat er sich doch der mühseligen Aufgabe angenommen, die Menschheit auf ihre zahlengewaltige Zukunft vorzubereiten, während die Kellnerin dem Wert einer längst verspeisten Wurst so viel Bedeutung zumisst, dass sie das Kleingeld an der Tischkante dreimal nachzählt, aber von antiken Weltreichen wie dem persischen hat sie vermutlich keine Ahnung, geschweige denn, dass dieses ein Vielfaches älter ist als ihre Alpenheimat und sich vierzig Mal weiter ausdehnt, und in Gedanken der transanatolischen Bergwüste näher als seiner duftenden Kaffeetasse erwidert er die Begrüßung des Schulmeisters versehentlich mit Salam, wähnt er sich doch bereits in Persien, zur Überzeugung gekommen, dass vom Aérodrome de Paris aus eine regelmäßige Verbindung nach Teheran mit Zwischenlandung in Konstantinopel wohl am wahrscheinlichsten sein werde, dann, wenn in vierzig Jahren der dortige Jubiläumstermin herannahen würde.

Eine Weile sitzen sie noch nebeneinander, ein gestrenger Lehrer und der zerstreute Unendlichkeitsdenker, wortlos, trotz einer gewissen Sympathie füreinander, wesensverwandt in ihrer Abscheu denjenigen gegenüber, die in ihren Augen Nichtwissende sind – ein jeder in unergründliche Gedanken vertieft, während der schläfrige Minutenzeiger auf seiner Talfahrt dem rechten Rand der Ziffernscheibe entlang in die Tiefe gleitet.

Der Handel mit dem Sündenerlass, der so manche Seele von der Höllenangst befreite, dieses ehedem so lukrative Erwerbsmodell bringt nun kaum mehr Ertrag, und als das Kloster darob und der ungeschickten Tauschgeschäfte seines Abtes wegen abgrundtief in Schulden gerät, ist guter Rat teuer. Man schreibt die Zeit nach der Reformation – der im Mittelalter übermächtige Einfluss der Kirche ist ins Wanken geraten, der Stern des Klerus im Sinken begriffen. Pater Carolus, der sich mit den Wirtschaftszahlen der Abtei herumschlägt, plagt die schleichende Ahnung eines unaufhörlichen Niedergangs und er kommt zur festen Überzeugung, dass selbst inbrünstiges Flehen um Schuldenerlass bei seinem himmlischen Vater kein Gehör finden werde. Ihm und seinen Fratres, die zahllosen Sündern Ablass gewährt haben, werde bezüglich ihrer finanziellen Schieflage wohl keine Absolution zu Teil. Zu profan sei das Leben außerhalb der Klostermauern geworden und die Mönche droben am Berg würden zu wenig Beachtung finden, als dass die Gläubigen bereit wären, ihre Schätze zur Abtei hinaufzutragen, selbst wenn man ihnen dafür einen Chorherrenstuhl im Himmel samt ewigem Engelgesang zusichern würde.

Mehr als fünf Jahrhunderte ruhmvolle Geschichte liegen im Archiv des Klostergemäuers gelagert, zahllose Pergamente

listen die weit verstreuten Besitztümer der Ordensbruder-
schaft auf, Garantien von Päpsten und Königen bestätigen sie
und heben das Ansehen des Klosters, das ihn zum Archivar
berufen hat, hervor. Ehrfürchtig hat er diese Dokumente vor
sich ausgebreitet, viele Male schon, und manchmal, während
er in die altertümlichen Schriften vertieft ist, ertasten seine
Finger nervös die an den Rändern angehefteten Siegel, wie um
sich zu vergewissern, dass sie seiner Arbeitsstätte die nötige
Macht und Größe verleihen.

Über die ungezählten Stunden, die er im Gewölbe mit den
alten Urkunden verbringt, steigt in seinem Geist das Stift auf
zum bedeutendsten des gesamten Alpenraumes und der enge
Himmel zwischen den Bergkronen gewinnt eine Weite, die
den Horizont der realen Dinge verblassen lässt. In nächtlichen
Alpträumen aber versinkt das stolze Bergkloster einflusslos im
Nichts, geschunden von Geldforderungen, im Stich gelassen
von hungernden Mönchen, zur baldigen Bedeutungslosigkeit
verdammt. Auf seiner Schlafmatte von Ruhelosigkeit geplagt
sieht er eine neuzeitliche Weltlichkeit heraufziehen, in der es
zu einer verruchten Stätte von Wahn und Irrsinn verkommt
und ein Jahrtausend ruhmvolle Geschichte schmachvoll zu
Staub zerfällt. Von solcherlei Vorstellungen geplagt ist ihm die
Nacht zur rastlosen Qual geworden und tagsüber ziehen ihn
diese beängstigenden Gedanken in einen Strudel der Hilf-
losigkeit, in dem er den eigenen Leib zerbröckeln fühlt, so wie
es dereinst den ehrwürdigen Mauern widerfahren würde. Als
ihn kein Beten davon befreit, tritt eines Abends, während die
Schatten aus dem Talgrund heraufwachsen und die sinkende
Sonne die gegenüberliegenden Felsgipfel in feuriges Rot
tauchen, ein brennender Gedanke an ihn heran. Durch den
steinernen Fensterbogen dem sterbenden Farbenspiel folgend,
glaubt er zu erkennen, dass es einzig an ihm allein liege, dem

Kloster jene herausragende Bedeutung zurückzugeben, die ihm auf dem Erdkreis zustehe.

Zur gleichen Zeit als Priester unten im Talgrund tätig, hat er in einer Kirchenschatulle ein paar unbeschriebene Seiten alt wirkendes Pergament gefunden, die seinem Plan jetzt dienlich sein könnten. Doch nach wenigen Versuchen sieht er ein, dass er sein Unterfangen nicht in der gewünschten Form würde verwirklichen können. Als zu aufwändig erweist es sich, die frühmittelalterlichen Lettern exakt in die Tintenfeder zu bekommen und auch äußerlich würde die Urkunde nicht den Eindruck erwecken, als ob sie weit zurückliegenden Zeitaltern entstammte. Unschwer wäre seine Arbeit als Fälschung zu entlarven.

Nach rastlosen Tagen treten derartige Selbstzweifel an ihn heran, dass sie ihn um ein Haar über die Zinnen in die Tiefe reißen. Da scheint es, als ob der Himmel Gnade walten lasse und ihm einen Anker vor die müden Füße werfe. Ein Stück eines alten Kopialbuchs bringt die rettende Idee. Statt durch die Fälschung einzelner Urkunden die Bedeutung der Abtei zu untermauern, um den Schatzmeister in Rom auf sie aufmerksam zu machen und dadurch die Folgen der Misswirtschaft zu mildern, würde er die gesamte Chronik des Klosters neu erfinden und auf diese Weise der Nachwelt ins Bewusstsein rufen, welch historische Größe es einst besessen habe. Dadurch würde es vom zukünftigen Schicksal, das ihm in seinen nächtlichen Träumen widerfährt, verschont bleiben.

Selbstverständlich macht er sich im Geheimen ans Werk, mit einem derartigen Eifer, dass er darüber sein Kirchenamt und das Vorbereiten der sonntäglichen Messe vernachlässigt. Arbeitsame Monde verstreichen und eines Morgens liegt es vor ihm, ein geschichtliches Werk, das den bereits mit der Gründung seinen Anfang nehmenden Aufstieg der Abtei zu der mächtigsten des Alpengebirges lückenlos dokumentiert. Kein Papst hatte es unerwähnt gelassen und Ländereien aus allen vier Himmelsrichtungen hatten seinen Besitz und Einfluss stetig gemehrt. Niedergeschrieben ist es zwar in seiner eigenen Handschrift, auf gewöhnlich gebundenem Papier, datiert Anno Domini sechzehnhundertsechsundfünfzig, doch der einleitenden Präambel ist zu entnehmen, dass Pater Carolus hiermit in großer Genauigkeit und Worttreue ein verblichenes Kopialbuch für die Nachwelt abgeschrieben habe, ein Buch, das seinerseits wahrheitsgetreue Originalabschriften enthalte all dieser hier aufgeführten Urkunden. Als er seine Arbeit vollendet weiß, fällt eine schwere Bürde von seinen Schultern, und ob es in Zukunft dem Kloster gelänge, sich vom Schuldenberg zu befreien, ist ihm keinen Gedanken mehr wert. Er wird noch einen einflussreichen Kirchenherrn ausfindig machen müssen, der bestätigt, diese Sammlung von Abschriften sorgsam geprüft zu haben und seine notarielle Beglaubigung darunter setzt. Dann werden Erde und Himmel mit ihm Frieden schließen und sein Mönchsalltag wird frei von Sorgen sein.

Drei Jahrhunderte verfliegen, bis sich die Zweifel über dieses Transumpt, wie sein Verfasser es mit dem dazumal gebräuchlichen Wort für Kopie betitelt hat, derart mehren, dass man seinen Inhalt wissenschaftlich genau unter die Lupe nimmt und zum eindeutigen Schluss kommt, es handle sich dabei um eine durchtriebene Fälschung. So vermachte der betrügerische Carolus, nicht zuletzt mit Hilfe der Unterschrift eines wohlangesehenen kaiserlichen Notars, neben manch anderer Ortschaft auch des mittelalterlichen Chuonrats Hof und dessen Dorf völlig zu Unzeit seinem Kloster, was jenen bäuerlichen Untertanen gänzlich unbekümmert lässt, weil das eine, die

Fälschung lange nach, das andere, die gefälschte Jahreszahl weit vor seinen Lebzeiten liegt, doch selbst, wenn er die Täuschung hätte miterleben müssen, wären für ihn, dem es als einfachen Bauern vergönnt gewesen war, der Ewigkeit in die Augen zu sehen, derartige Geschichten nicht von Belang gewesen, hätten kaum mehr zu bedeuten gehabt als das Wispern flüchtiger Schattengeister, die unter Mondlicht in den Gehölzen spielen.

Eines anderen Dorfbewohners, des modernen Meinrads geheime Vorbereitungen für die dörflichen Millenniumsfeierlichkeiten wurden durch das Aufdecken der hinterlistigen Fälschung und deren Veröffentlichung jäh zunichte gemacht, noch bevor er mit seinem Plan an das breite Publikum hätte gelangen können. In Folge verzichtete er auf die geplante Reise nach Persien, ließ das orientalische Reich mürrisch seine Zweieinhalbtausender-Party ohne ihn feiern, überging die Zeitungsberichte dazu absichtlich, ohne einen einzigen Buchstaben wahrzunehmen. Auch brachten ihm weder die Verhundertfachung des menschlichen Geschwindigkeitsrausches noch die Mondlandung Trost, und die gewaltigen Teleskope, die erbaut worden waren, hatten die kosmischen Entfernungen soweit ins Unermessliche potenziert, dass es ihm zunehmend Mühe bereitete, ihnen in seinen mathematischen Vorstellungen zu folgen.

Im Dorf sah man in ihm nicht mehr als einen harmlosen Sonderling, der seinen festen Platz einnahm, schweigsam, eigenwillig, in eine wenig freudvolle Welt verstrickt, zu der niemand Zugang fand, mit Ausnahme des Lehrers, neben dem er des Öfteren im Löwen am gleichen Tisch anzutreffen war, seit dieser ebenfalls in den Ruhestand getreten war. Letzterem schien es ebenso an Kontakten zu mangeln, gingen ihm doch etliche Dorfbewohner mit kurzer Begrüßung aus dem Weg, weil sie sich nur ungern an sein hartes, von Engstirnigkeit und Besserwisserei geprägtes Schulstubenregime erinnerten.

Ob Meinrad sich mit ihm über die historische Tragweite jener Fälschung unterhielt, die ihn, einen vermeintlich zu Besonderem Berufenen, in abgrundtiefe Bedeutungslosigkeit gestürzt hatte, ist nicht bekannt. Ohnehin würde der Altschriften- und Lateingewandte, der vielstellig Zahlenkundige die eigenen Hundert bei weitem nicht erreichen und hätte aus diesem Grund die annullierte Tausendjahrfeier gar nicht miterleben, geschweige denn präsidieren können. Einige Jahre nach jenem vernichtenden Schlag ging er im Alter von uninteressanten achtundsiebzig von dannen, tief bekümmert ob des schändlichen Betruges, der seinem intellektuellen Lebenswerk angetan worden war, und der in seinen Augen maßgeblich dazu beigetragen hatte, dass seine hartnäckige Suche nach der Unendlichkeit vergeblich geblieben war.

Millennium

Rund um den Erdball fieberte die Menschheit einem Geschehen entgegen, dass es nicht alle Tage gibt, einem Ereignis, dass seit der offiziellen Gründung des Dorfes noch keinem einzigen Bewohner vergönnt gewesen war – einer Silvesternacht, die ein neues Jahrtausend einläutet. Zwar ist die moderne Zeitrechnung genau genommen nichts als reine Willkür, weshalb auch dem außergewöhnlichen Moment, dem alle so erwartungsvoll entgegenblickten, letztendlich mehr Zufälliges als Besonderes anhaftete.

Unsere Urahnen verstanden, wie zahlreiche andere Kulturen, den Anbruch des Frühlings, die Zeit wiederkehrender Fruchtbarkeit als Jahresbeginn, ebenso das frühe Rom, die Germanen feierten die Wintersonnenwende mit der Rückkehr des Lichts und quer durch die Palette der Völker findet sich stets ein Bezug zur Natur.

Moderne Zivilisationen beginnen das Kalenderjahr zeitgleich mit dem Beginn der neuen Amtsperiode von römischen Beamten, die vor zwei Jahrtausenden das Zeitliche segnete. Keine Fruchtbarkeit, nichts von religiöser Bedeutung oder natürlichem Kreislauf, auch kein Anliegen von Cäsaren oder Berlusconis, Autokraten oder Despoten, die gerne die gesamte Geschichtsschreibung auf ihre eigenen Termine umgemünzt hätten, nein, ohne es im Geringsten zu hinterfragen, orientiert sich der ganze Globus an ein paar antiken Würdenträgern, die ziemlich unbeabsichtigt ihrer Nachwelt den ersten Januar als Jahresbeginn verpasst haben, indem sie den römischen Kalender so zurechtbogen, dass er – am Ende des zehnten Monats – mit ihrem Amtsantritt übereinstimmte.

Ihretwegen warten viele an einem stockdunklen Winterabend auf den nächsten Jahrring oder wenn es zufällig zutreffen sollte, auch mal auf das nächste Jahrtausend. Obwohl wir dabei gar nichts anderes wahrnehmen können, als dass es überall knallt, die Glocken läuten, teurer Champagner getrunken wird und abgelaufene Kalender in den Müll wandern.

Der Winter war in unseren Breitengraden von alters her eine Art Zwischenzeit – für die Natur eine Weile geduldigen Wartens, für den Menschen die Gelegenheit, sich der Jahreszeit entsprechenden Tätigkeiten und persönlichen Hobbies zu widmen. Das ist vor Silvester nicht anders als am Tag nach Neujahr. Einzig in den Amtsstuben geschieht etwas Besonderes. Obwohl am ersten Tag des Jahres dort niemand anzutreffen ist, treten auf diesen Zeitpunkt vielerorts neue Verordnungen und Gesetze in Kraft. Vielleicht eine Form der Danksagung an unsere altrömischen Vorreiter, die Milliarden von Erdenbewohnern nicht nur einen unmöglichen Jahreswechsel eingebrockt haben, sondern auch ein Rechtsempfinden, das auf dem antiken Römischen Recht basiert – als ob das Imperium Romanum ein leuchtendes Beispiel für Frieden, Gemeinwohl und Gleichberechtigung gewesen wäre.

Das neue Millennium war also etwas rein Zufälliges, eine Art von Nichtgeschehen, das nur durch das Spiel von Zahlen zu etwas Gewaltigem, die ganze Menschheit Bewegendem wurde, und dennoch konnte sich dem niemand, auch der Wanderer, der im Dorf sesshaft geworden war, entziehen. Schließlich gehörte auch er zu den wenigen Auserwählten der Spezies Homo, die bei lebendigem Leib von einem Jahrtausend in das nächste wechseln durften.

In der Tradition des Fernen Ostens habe man sich beim Jahreswechsel ganz anders verhalten als es heutzutage weltweit üblich sei, hatte ihm ein japanischer Kampfkunstmeister erzählt. Man habe das Alte und das Neue miteinander verknüpft, indem man die Stunden der Silvesternacht der Kontemplation, dem intensiven Training oder einer rituellen Tätigkeit gewidmet habe. Nun, ein verbindendes, ganzheitliches Betrachten der Dinge ist seit Jahrtausenden ein Hobby der Asiaten. Als Einwohner des Westens gibt man dem Trennenden, der intellektuellen Unterscheidung den Vorrang vor dem Vereinigen und Verschmelzen. Erstaunlicherweise waren nicht wenige Europäer der festen Überzeugung, dass mit dem Sprung von einem Millennium in das nächste urplötzlich etwas, womöglich noch nie Dagewesenes, Überwältigendes passieren würde – ein Weltuntergang zum Beispiel. Dabei hat die Wissenschaft das Universum noch gar nicht so weit begriffen, dass ein Platz bereit gewesen wäre, wohin die Welt für diesen Fall hätte untergehen können. Auch die persönlichen Erwartungen spielten eine bedeutsame Rolle. Mancher hoffte, dass danach alles anders werden würde, man die guten Vorsätze, oder doch wenigstens etwas von dem, was vor Jahresfrist nicht gelungen war, diesmal dank der besonderen Zahlenkonstellation würde umsetzen können.

Darüber hinaus waren sich alle gewiss – und lagen damit gar nicht so falsch – dass das dritte Millennium mit Sicherheit etwas bringen würde, was man im abgelaufenen verpasst habe. Dabei blieb die Erkenntnis vollkommen unberücksichtigt, dass der Einzelne von der tausendjährigen Zeitspanne ohnehin den allergrößten Teil verpassen würde, wie das schon bei dem zu Ende gehenden Millennium der Fall gewesen war.

Vom zurückliegenden Jahrtausend aber konnte man wenigstens etwas mitnehmen – persönliche Erinnerungen und dank der Geschichtsschreibung sogar ein Bisschen mehr. Und so kamen Kreuzzüge, Atombombe, die Entdeckung

Amerikas, Bauer Chuonrat, Zwingli und die kleine Zwischeneiszeit zusammen mit dem Schulabschluss, einem nach vielen Wanderungen verstorbenen Hund, dem hinterletzten Urlaub, bei dem im schmuddeligen Hotelzimmer die Unterwäsche des Vorgängers lag, sowie dem wundersamen Moment, als man einem besonderen Mitmenschen begegnet war, daran glaubte, ewig verbunden zu sein und eines Tages als glückliche Familie den Millenniumswechsel feiern zu können. Das alles und noch viel mehr würde mit dem mitternächtlichen Glockenschlag gemeinsam mit den Erinnerungen aller anderen Zeitgenossen in einer morschen Kiste mit abgelaufenem Datum verschwinden – dem letzten Jahrtausend.

Die Vorbereitungen für die Schwelle der Zweitausend, die es möglichst bedeutungsvoll, ausgefallen, enthusiastisch oder weise, auf jeden Fall in besonderer Manier zu überschreiten galt, musste er alleine treffen. Frau und Kinder waren gegen Ende des auslaufenden Millenniums in andere Hände geraten, die Einsamkeit, die ihn darauf in der Stadt ereilte, hatte sich nachgeschlichen ins Dorf, sich ungebeten einquartiert in vier Wänden, die eigentlich für Besseres gedacht gewesen waren und zum Feiern mit anderen fehlte ihm jegliche Lust.

Der Meister aus Nippon, der die Verbindung des Trennenden vorgelebt hatte, ließ ihn mangels besserer Ideen nicht mehr los und als der von sechs Milliarden Menschen fieberhaft herbeigeredete Moment unaufhaltsam näher rückte, er unschlüssig der Dinge harrte, aus Stunden plötzlich Minuten wurden, beschloss er, einfach hinauszugehen, aus dem Jahrtausend und aus der Wohnung heraus.

Draußen vor der Tür empfing ihn eine frostige Winternacht. Er wählte eine Richtung, die nach wenigen Metern die

Häuser des Dorfes hinter sich ließ, an einem ländlichen Hof vorüber und weg von der Straße mitten in eine unberührte Landschaft führte. Soweit das Auge reichte, war alles von einer gleichmäßigen Schneedecke überzogen. Minustemperaturen hatten ihre Oberfläche gefrieren lassen, über die er, vom knirschenden Klang seiner Schritte begleitet, hineinlief in eine mondlose Nacht, unter einem glasklaren Sternenhimmel, der sich in Milliarden von Eiskristallen zu spiegeln schien. Weiter ging er, bis er einen leicht erhöhten Punkt erreichte, anhielt und beschloss, dort zu verweilen, mitten in einer, wie es ihm schien, nie zuvor gesehenen Umgebung.

In kaltblaues Licht getaucht, das allem einen metallischen Glanz verlieh, lag die Natur da, hart, unantastbar, wie etwas Unwirkliches und noch nie zuvor Berührtes. Wäre da nicht im Schnee die einsame Spur gewesen, die ihn hinausgeführt hatte in dieses Stahlweiß, er hätte in dieser überwältigenden Leere an seiner eigenen Existenz gezweifelt und sich inmitten der Sternenschwärze, die sich um ihn auftat, auf einem Planeten fern der bewohnten Erde gewähnt.

In einiger Entfernung lag schweigend die Silhouette des heimatlichen Dorfes, von Lichtpunkten durchzogen, und auch dieses schien den Atem anzuhalten in den letzten Minuten eines sterbenden Millenniums. Es war, als ob es nichts Verbindendes gebe zwischen einer tausendjährigen Zeit, die in wenigen Augenblicken unwiderruflich ins Grab der Geschichte fallen, und der neuen Ära, die in einigen Minuten aus der dreifachen Null heraus geboren werden würde.

Nichts regt sich. Er wartet in einer Kälte, die nicht gefriert, unter einer Schwärze, die nicht lichtlos bleibt, umgeben von einer Welt ohne Vergangenheit und ohne Zukunft, über der eine seltsame Form der Leere liegt. Unversehens nimmt dieses

Nichts ihn auf, alle Ziffern und Jahreszahlen verschwinden, die Zeit bleibt stehen und nur die Null allein bleibt übrig. Nach ein paar Atemzügen fallen in dieses Nichts die Schläge der Kirchturmuhr, zwölf Mal hintereinander, klar und weithin hörbar durch die Winternacht. Ein Glockenton folgt dem nächsten in einer Langsamkeit, die genug Zeit lässt, in den Zwischenräumen der Leere zu lauschen, bevor nach dem letzten Schlag mit einem Triumphschrei die Gläser klirren, Feuerwerk in den Himmel kracht und eine gewaltige Welle der Euphorie aufbrandet, mit der sich alles Leben frenetisch jubelnd, tanzend, feiernd, kopfüber ins Jahr zweitausend stürzt, in einer Ausgelassenheit, Wildheit, einer rasenden Beschleunigung, begleitet von einem Fortschrittsdrang, dem das neugeborene Millennium nur mit Mühe wird folgen können.

Nichts weist darauf hin, dass in dieser eisigen Wunderlandschaft, unmittelbar an der Stelle, wo seine Füße stehen, sich in wenigen Jahren eine gewaltige Spalte auftun wird, die den Boden jäh zerreißen und ihre Stille mit Donnerstimme verschlingen wird. Im fernen Bundesbern und in einigen Planungsbüros weiß man davon, gräbt in Gedanken bereits die abgründige Schneise ins Land, durch die nach ihrer Fertigstellung eine nie endende Lawine von Motorfahrzeugen hindurchströmen wird. Noch gibt sich diese Sternennacht einer zeitlosen Ruhe und Leere hin, die an jenem Wintertag vor fast neunhundert Jahren erinnert, als ein anderer Bewohner des Dorfes in der Weite der heimatlichen Natur Antwort fand auf seine Frage nach der Ewigkeit.

Morgen schon wird die Autobahn den Ortsrand durchschneiden und dem ungebrochenen Wachstum weiteren Schub verleihen, dicht aneinandergepresst werden Wohnbauten in die letzten grünen Oasen hineingeschachtelt, eng und enger wird es werden. Die Verstädterung der Dörfer wird unaufhaltsam voranschreiten. Gärten wandern auf Terrasse und Balkon, Bäume in die Häckselmaschine, um schmucklose Neubauten häufen sich Schotterbänke und dort, wo ein sauber abgezirkeltes Stück Rasen übrig bleibt, wird es pausenlos vom selbstfahrenden Mährobotor traktiert.

Die Geschichtsschreibung wird sich, wenn auch mit verdichteten Vorzeichen, wiederholen. Denn schon einmal, so erzählt die Chronik, zu Beginn des siebzehnten Jahrhunderts, fühlten sich die Bewohner des Dorfes bedroht vom herrschenden Bauboom und erließen einschränkende Verordnungen, damit dem heimischen Boden die Luft zum Atmen nicht genommen werde und das Dorf seinen Charakter behalten möge. Ihrem gut gemeinten Vorhaben kam in unerwünschter Weise die Pest zu Hilfe. Diesmal wird guter Rat teuer sein und Bauland bald unbezahlbar.

Der ganze Jahrtausendwechsel war so schnell verpufft wie das Feuerwerk, das ihn begleitet hatte, und wenige Tage danach verlor niemand mehr ein Wort über ein Ereignis, dass die Welt zuvor für Monate in Bann gehalten, dabei die Medien gefüllt hatte und aus den Köpfen der Menschen nicht wegzudenken gewesen war. Jahre zogen ins Land und bereits beenden Kinder ihre Schulzeit, die noch nie etwas von einer Millenniumsfeier gehört haben und mit Sicherheit auch keine erleben werden.

Eine Handvoll Zielsetzungen sind übrig geblieben von anno dazumal. Wie der Einzelne manchen Vorsatz fasst, was er im neuen Jahr verwirklichen will, hatte sich die ganze Menschheit in corpore, sechs Milliarden Individuen auf eine gemeinsame Strategie für das neue Jahrtausend geeinigt – oder zumindest ein paar Wichtigtuer unter ihnen – und sogenannte Millenniumsziele erschaffen.

Diese werden noch eine Zeitlang in regelmäßigen Abständen als verfehlt gemeldet werden, um schleichend der Vergessenheit anheimzufallen, obgleich doch reichlich Zeit bliebe sie zu erfüllen, genau genommen weit über neunhundert Jahre. Die kommenden Erdbewohner des dritten Jahrtausends aber werden – Historiker ausgenommen – wenig Interesse zeigen für die unerfüllten Ziele ihrer Vorfahren, sie mit Erstaunen zur Kenntnis nehmen, die naiven Vorstellungen von anno dazumal belächeln oder gelangweilt zum Fenster hinausblicken, wenn davon im Geschichtsunterricht die Rede sein wird.

Auch wenn die heute Geborenen dafür hundert Jahre alt werden müssen, das Dorf wird sich in absehbarer Zeit in die Vorbereitungen für seine Tausendjahrfeier stürzen können, die dann keine weltbewegende, sondern eine rein lokale sein wird. Es wird der zuvor verpasste tausendjährige Geburtstag gefeiert werden und es bleibt zu hoffen, dass bis dahin kein altes Stück Pergament aus dem neunten oder zehnten Jahrhundert aufgefunden wird, in dem Ort und Kirche ungefälscht und urkundlich beglaubigt bereits erwähnt wurden. Damit wäre die bevorstehende Tausend mit einem Mal längst vorbei und die Einwohner müssten Hunderte von Sommern und Wintern ohne dörfliches Millennium über die Runden kommen. Anlässe zum Feiern gäbe es dennoch zur Genüge – denn kaum jemand wünscht sich die Wiederauferstehung puritanischer Zeiten, in denen ein Gremium von Spitzeln wie der seinerzeitige Stillstand peinlich genau über die Moral der Gemeinde wacht.

Auf nationaler Ebene aber wird es noch manche große Feier geben. Der dazumal vom alten Seher in Aussicht gestellte Staatenbund hat sich bewährt, hat Kriege, Dürren und Hungersnöte schadlos überstanden, allen Launenhaftigkeiten der

Geschichte getrotzt – während Könige und Kaiser glanzlos verschwanden, Diktatoren und Despoten kläglich scheiterten und zahllose Staaten zersplitterten, um in neuen Formen zusammenzuwachsen. Die Confoederatio Helvetica hat eine Beständigkeit erlangt wie ein uralter, ehrwürdiger Baum, mächtig im Stamm und immer noch fruchtbar in der Krone, und wenn sein Wurzelwerk nicht bereits zu Schaden gekommen ist – was zwar der eine oder andere Eidgenosse nicht zu Unrecht befürchtet – darf man davon ausgehen, dass noch das eine oder andere Jubiläum bevorsteht und der Lauf der Geschichte vielleicht sogar eine Tausendjahrfeier möglich werden lässt.

Dieser im Binnenland gelegene Staatenbund, in dem das Sterben der Gletscher manche zu Tränen rührt und andere das Eis vergeblich mit Plastik bedecken, wird auch im Falle des Abschmelzens aller gefrorenen Wasser des Planeten und dem dadurch gestiegenem Meeresspiegel ein Land der Berge bleiben, wenn auch um ein paar Viertausender ärmer. Die Wege zum Urlaub am Strand werden sich ein wenig verkürzen, weil aber dank gewandeltem Klima der Sommer wärmer geworden sein wird, laden die heimischen Seen mit ihrem nahezu subtropischen Flair dazu ein, die Ferien in der Heimat zu verbringen, während es ihre Vorfahren noch in die weite Ferne zog.

Bei den Menhiren im Wald, der sich vielleicht in einen Palmenhain verwandelt haben oder einer mediterranen Macchia gewichen sein wird, werden Jugenderinnerungen wach, war es doch vor zwanzig Millionen Jahren ähnlich warm gewesen, als sie noch ein gutes Stück weiter bergwärts gelegen hatten. Eindrückliche Brocken mit Ecken und Kanten waren sie zu jenen Zeiten gewesen, unter einer alle vier Jahreszeiten wärmenden Sonne ruhend, fern aller Ahnung davon, dass sie einst von kilometerdickem Gletschereis überrollt, mitgeschleift und rundgeschliffen werden würden.

Wer über so viel Erfahrung verfügt, so viele Ereignisse über sich hat ergehen lassen, lächelt nachsichtig über den flüchtigen Erdbewohner, der auf ihm für ein paar Minuten Ruhe zu finden versucht und sich dabei vor den Folgen der Klimaveränderung fürchtet. Der alte Stein sieht die Väter seines flüchtigen Gastes im Neolithikum einer Warmperiode ausgesetzt, in der sie zahlreiche, zügellose Klimaereignisse überstehen, sieht deren Vorväter als Jäger den frostigen Jahrtausenden am Rand gewaltiger Eispanzer trotzen. Er sieht Perioden erbarmungsloser Hitze und klirrender Kälte, Zeiten lebloser Dürre und weitreichender Überflutungen – in den Augen der Ewigkeit passiert dabei kaum mehr, als das, was der Mensch im Wechsel von heute auf morgen erlebt.

Schuld und Strafe

Vollkommen unerwartet und von niemandem vorhergesagt geschah es – hatte das Dorf in den Schilderungen alter Chroniken als fruchtbar und seine zahlreichen Bäche als fischreich gegolten, bot es nun einen Anblick, der seine Bewohner in Angst und Schrecken versetzte. Wasserlauf für Wasserlauf waren ausgetrocknet, verendete Fische verdorrten auf rissiger Erde, das Laub welkte und zerfiel zu Staub, bevor die Bäume hätten Früchte tragen können. Das Land sah aus, als hätte man ihm alle Farben entzogen, einem ausgewaschenen Tuch gleich, das in der Sonne verbleicht. Manch einer verließ das Haus nicht mehr, um nicht zu verdursten, andere luden des nachts Holzbottiche auf ihre Karren, spannten einen abgemagerten Gaul vor und machten sich auf den Weg hinab zum Fluss, um Wasser zu schöpfen. Dort zeigte selbst das Ried ein so trockenes Gesicht, wie es seit Menschengedenken niemand gesehen oder von Ähnlichem gehört hatte und der Fluss glich einer warmen Brühe, die wenig Erfrischendes an sich hatte.

Es war, als ob einem Wüstensturm gleich über Nacht der große Klimawandel über sie hereingebrochen wäre, derjenige, den ihre Nachfahren ein halbes Jahrtausend später zum Damoklesschwert der Menschheit erklären und sich schuldig bekennen würden, ihn durch eigenes Fehlverhalten herbeigeführt zu haben. Auch in jenen Tagen blätterte mancher durch die Sündenregister, um der Ursache dieser unwirtlichen Zeit auf die Schliche zu kommen. Diejenigen, die sich nur unter Murren dem neuen Glauben unterstellt, aber auch manche, die ihn aus Überzeugung angenommen hatten, sahen die Ursache des Unheils im religiösen Bruderkrieg. Seine unseligen Schlachten hatten erst vor wenigen Jahren etlichen Dorfbewohnern das Leben gekostet – ihr Zuhause, friedvoll inmitten der Talschaft gelegen, war dazumal zu einem Grenzort geworden nahe einer blutig umkämpften Linie, an der sich die Menschen neuen und alten Glaubens im Namen des gleichen Gottes die Köpfe einschlugen.

Damit war die erbarmungslose Trockenheit dieses Sommers schnell erklärt. Schwerwiegende Ereignisse als Gottes Strafe anzusehen, war im sechzehnten Jahrhundert noch allgemein üblich, trotzdem gab es unter den Bewohnern solche, die die lang anhaltende Dürre lieber den Zürchern zugeschrieben hätten, diesen bei der Landbevölkerung verhassten Großstädtern, in dessen Hände das Dorf erst vor kurzem gelangt war.

Manch Gebildeter versuchte zwar schon damals, die Launenhaftigkeit des Wetters und allerlei andere Phänomene ohne Absegnung durch die kirchliche Obrigkeit zu ergründen, doch für Wissende waren es gefährliche Zeiten. Giordano Bruno und Galileo Galilei waren noch nicht einmal geboren, und während der eine seine Haut retten wird durch Widerrufung, wird der andere mitsamt seinen Erkenntnissen auf dem Scheiterhaufen enden. Hängen, Ertränken, Vierteilen und Verbrennen hatte Hochkonjunktur in jenen Tagen und da auch die Herren in Zürich diesem unschönen Hobby zugetan waren, wusste man im Dorf sehr wohl zu schweigen.

Wäre man aber seinerzeit bereits vernetzt gewesen mit dem globaleren Geschehen, hätte man die Schuldigen für die gottgesandte Plage dieser ungewöhnlichen Dürre schnell gefunden. Ausgebreitet hatte sich die Trockenheit nämlich von Südwesten her, von Spanien, und vom dortigen Königreich entsandt waren dessen Konquistadoren in der Neuen

Welt gerade erfolgreich mit dem Ausrotten ganzer Völker beschäftigt. Demzufolge hätte Gottes Strafe wohl diesen Ausländern gegolten und wäre von ungünstigen Winden fälschlicherweise herbeigeweht worden. So aber musste man hungern und dazu auch noch Buße tun. Doch Sühne und Gebete wurden erhört – der trockene Sommer, der halb Europa heimgesucht hatte, verschwand so plötzlich wie er gekommen war.

Im Laufe seiner Evolution war der Homo zwar zunehmend versierter geworden und geübter im Überstehen von Katastrophen, hatte aber zugleich im unerschütterlichen Glauben an die eigene Intelligenz eine Dickköpfigkeit entwickelt, die ihn allfällige Fehler schnell verdrängen ließ, und so wurde die Welt auch nach der fürchterlichen Dürre keineswegs besser. Die ersten modernen Menschen hatten ja seinerzeit sogar die Sintflut überstanden, den bis anhin mächtigsten aller Versuche seitens der himmlischen Gewalt, den Verfehlungen und Überheblichkeiten dieser emporstrebenden Spezies ein Ende zu setzen.

Dennoch macht es den Anschein, als ob die Natur und ihre Götter nicht ganz aufgegeben hätten. War jene vorgeschichtliche Flut, die die Welt ertränkte, nichts anderes gewesen als ein massives Ansteigen des Meeresspiegels, verursacht durch das Dahinschmelzen der Eiszeit, erinnert uns die derzeitige Entwicklung daran, dass die nächste Sintflut bereits im Anzug ist. Wenn auch bloß die Antarktis zum Abschmelzen übrig bleibt und das Inlandeis von Grönland, reicht dies immerhin für einen sechzig bis siebzig Meter höheren Meeresspiegel – etwa die Hälfte der damaligen Überflutung. Dieses Mal aber werden weit mehr Menschen davon betroffen sein als zu Zeiten Noahs.

Die Trockenheit von 1540 blieb – wie man im Nachhinein wird sagen können – ein Jahrtausendereignis, und die darauffolgenden Sommer und Winter zeigten sich im normalen Gewand. Die Natur hatte ihr wechselndes Farbenkleid wiedergefunden, die Saat wuchs und gedieh, reiche Ernte wurde eingebracht. Das Dorf florierte, seine Bevölkerung nahm zu und bald sollte es zusätzlich an Bedeutung gewinnen. Wenn der Mensch aus Kriegen und Katastrophen nichts lernen wollte, sollte er wenigstens in der Schule seine Fähigkeiten unter Beweis stellen müssen.

Nebst dem eigentlichen Anliegen von Bildung, der Aneignung von Wissen, war es infolge der Reformation wichtig geworden, den Kindern früh beizubringen, was Zucht und Ordnung bedeutet. Demzufolge richteten die Bewohner ein Schulhaus ein, eines der ersten weit und breit, und der Ort begann sich, wie man es heute bezeichnen würde, als regionales Bildungszentrum zu etablieren.

Mit den Anfängen jener Schulzeiten brach einiges an Leid über die Dorfjugend herein, wissen Lehrer doch seit eh und je viel zu gut Bescheid über das, was Kinder eigentlich können sollten und vor allem, was sie niemals hätten tun dürfen. Diese unglückliche Diskrepanz zwischen schulmeisterlichen Vorstellungen und der ländlichen Wirklichkeit führte zu einem Regime von Stockschlägen und anderem aus einem breiten Repertoire sadistischer Strafmaßnahmen, begleitet von Angst und Schrecken auf der unterlegenen Seite, von Allmachtsfantasien und Besserwisserei aufseiten der Schulmeister.

Bei all dem gilt es im Auge zu behalten, dass unsere Vorfahren genauso korrekt handelten wie wir heute, nämlich einer allgemein gültigen Rechtsauffassung entsprechend, was natürlich nicht bedeutet, dass diese – damals wie heute – gerecht und richtig ist. Das in Bezug auf Bildung einst führende Dorf aber verlor im Auf und Ab der Geschichte an Einfluss und reihte sich wieder gleichberechtigt und gleich unbedeutend mit seinen Nachbarorten in die Landschaft ein, ohne Schuld auf sich zu laden für die bildungspolitischen Verfehlungen späterer Zeiten.

Der Europäer hegt und pflegt das Spiel von Schuld und Sühne seit Jahrhunderten und es sollte zum Weltkulturerbe erhoben werden, bevor es eines Tages auszusterben droht. Im Unterschied zu anderen Kulturen ist er sogar willig, möglichst viel Schuld auf die eigenen Schultern zu laden, was andernorts gelegentlich mitleidiges Erstaunen oder Spott hervorruft. Diejenigen, die uns so beurteilen oder dies sogar geschickt auszunützen wissen, denen fehlt das Verständnis dafür, dass der Mensch in unserem Teil der Erde über zahllose Generationen als Sünder das Licht der Welt erblickte und ihm nie die Chance gegeben wurde, diesem wenig vorteilhaften Denkmuster zu entkommen.

In seiner Fleischwerdung lag bereits die erste Verfehlung, obwohl kein Neugeborenes in irgendeiner Weise dafür verantwortlich gemacht werden kann, dass Eva und Adam ihm – in naturgegebenem Trieb oder wildem Liebesrausch, unfreiwillig oder heiß ersehnt – das Leben geschenkt haben. Es soll sogar einen mittelalterlichen Papst gegeben haben, der seine Amtszeit damit verbrachte, ein Werk darüber zu verfassen, dass sein eigener Leib nichts als eine widerwärtige Ausgeburt der Sünde und des Teufels sei, weshalb er in seinem Selbst einer verabscheuungswürdigen, verhassten Kreatur begegnete. Ihm hätten retuschierte Selfies und ein paar Likes von Facebook-Freunden gut getan.

Für die Bevölkerung zu Zeiten des Bauern Chuonrat war der Umgang mit sündigen Vergehen noch ein recht lockerer gewesen. Sündigen war keineswegs verboten, sondern in gewissem Sinn sogar erwünscht, denn es ließ sich problemlos tilgen und brachte der Kirche Geld in die Kasse. Es drohte auch keine Strafverschärfung für Wiederholungstäter, einfach erneut beichten, wieder die geforderte Zahl Vaterunser beten oder bei höherem Einschätzungsentscheid eine halbe Jucharte Land mit ein paar Untertanen in den Opferstock werfen und dem Laster konnte ungehindert freier Lauf gelassen werden. Selbstverständlich war das erlaubte Maß an Sünden standesabhängig, aber daran hat sich bis heute nichts geändert.

Beichtstuhl und Beichtvater waren so etwas wie die Cookies des Vorinformatik-Zeitalters, die in die Seelen der Gläubigen eingeschleust wurden, um Verfehlungen auszuspionieren, die sich entsprechend vermarkten ließen. Bloß war das Sperren von Cookies oder Benutzen von Adblockern mehr als heikel – ein Fernbleiben von der Beichte oder so zu tun, als ob man keine Sünden beginge, kam einem Outing als Gottloser gleich und die Folgen davon waren hinlänglich bekannt. Deshalb wussten auch diejenigen, die reinen Herzens am Sonntag zur Messe erschienen, wie man hin und wieder erfundene Sünden beichtet, um keinen Verdacht auf sich zu ziehen.

Während Chuonrat also vermutlich in mancher Hinsicht ein unbelastetes Leben führte, sich noch einer gewissen Freiheit des Denkens erfreuen konnte und er zudem in seiner nur aus einigen verstreuten Höfen und der Kapelle bestehenden Ansiedlung genug Freiraum und natürliche Ressourcen vorfand, die ihm erlaubten, mal ein paar Tiere zu verbergen und ein Fuder Hafer oder Dinkel vor den Augen des Klerus zu schützen, zeigte sich das Dasein der Bevölkerung nach der schrecklichen Dürre von 1540 in ganz anderem Licht.

Mit dem Reformieren des Glaubens war für jene, die dem neuen aus freien Stücken beitraten oder, was weitaus häufiger geschah, auf Grund ihres Heimatortes in ihn hineingezwungen wurden, die Sünde zu einem Unding geworden, das es um jeden Preis zu vermeiden galt. Die Absolution war abgeschafft, ein Sündenerlass nicht länger möglich, und die Schuld blieb – war man einmal mit ihr in Berührung gekommen – an den Menschen kleben wie ein dickflüssiges Stigma, das ihnen die Freude am Dasein verdarb.

Angesicht der neuen Lehre gab es daher nur eine sinnvolle Devise: die besten Vorkehrungen zu treffen, um jegliche Annäherung an ein mögliches Fehlverhalten bereits im Keim zu ersticken – kurz gesagt, Sündenprävention in großem Stil zu betreiben. Darin entwickelten sich die Diadochen von Zwingli und Calvin, oder in nördlicheren Breitengraden jene, die auf Martin Luther folgten, zu wahren Meistern.

Da vorbeugende Maßnahmen möglichst früh zu greifen haben, waren die Kinder fortan die Leidtragenden dieser neuen Ideologie. Ihre Erziehung entwickelte sich zu einer Art von Wissenschaft und bot dementsprechend Platz für eine Fülle von Thesen, Antithesen und Experimenten, die zum Teil abwegige Formen annahmen. Die Langzeitfolgen davon werden bis ins darauffolgende Jahrtausend nachweisbar sein, in Form eines endlosen Streites um pädagogische Ziele, Lerninhalte und Lehrmeinungen, die nicht selten dem Profilierungsdrang ihrer Urheber mehr Erfolg versprechen als den zu unterrichtenden Kindern und Jugendlichen. Zudem wurde schnell entdeckt, dass ein Schulwesen, das die gesamte Bevölkerung erfasst, den Herrschenden ungeahnte Möglichkeiten der Manipulation zur Verfügung stellt. Die Einflussmöglichkeiten der religiösen Erziehung, wie sie einer kleinen Elite im Mittelalter zuteilwurde, waren dadurch beschränkt gewesen, dass die Bibelauslegung eine gewisse Worttreue verlangte, weshalb die angestrebten Ziele nicht frei formuliert werden konnten. Sie mussten immerhin noch in einer Form daherkommen, dass man sie als Gottes Wille verkaufen konnte.

Jetzt aber öffneten sich in der Bildung Tür und Tor zu praktisch jeder erwünschten Form von Gehirnwäsche – Sterben für Vaterland, Maul halten und malochen, im Fremdartigen das abgrundtief Böse erkennen, dem Kommunismus ideologische Treue schwören, Bundesräte per se als Gutmenschen darzustellen oder die Globalisierung als eine Kulturrevolution zu verkaufen, die der Beseitigung der Armut diene – das alles wurde nun machbar und war ganz einfach umzusetzen. Man musste nur die Lehrmittel entsprechend neu auflegen und dem Personal der Bildungseinrichtungen klar vermitteln, in wessen Diensten es steht. Insofern ist es beruhigend zu wissen, dass hier im Dorf zwar neue Kindergärten und Schulhäuser gebaut werden, man aber die Verantwortung bezüglich der Lerninhalte an höhere Instanzen abgetreten hat.

Zu den Zeiten, als Meinrad der Zahlenmensch seine gedankenschweren Dorfspaziergänge machte, hatte das Leben begonnen, sich aus dem sittenstrengen Korsett der Reformation herauszuschälen und – was für ihn von geradezu existenzieller Bedeutung war – Forschen und Wissen wurden nahezu uneingeschränkt zugelassen, die Erde war wieder zu einer Kugel geworden, wie sie es in der Antike schon einmal gewesen war, und als Vieldenker musste er sich zwar mit der Einsamkeit abfinden, aber nicht länger mit dem Scheiterhaufen rechnen.

Nie geahnte Freiräume wuchsen heran, die, unterbrochen von einem grausamen Krieg, der rund um seine Heimat tobte, nicht aufzuhalten waren. Bald, nachdem seine Gräuel vorüber waren, fielen alle Schranken, die Jugend skandierte *make love not war* und liebte sich in der freien Natur, eine Fülle von Musik- und Stilrichtungen brach aus ihren kreativen Quellen hervor, an Wohlstand und Ungebundenheit durften plötzlich viele teilhaben und selbst die kleinen Leute begannen als Pioniere und Entdecker die ganze Welt zu bereisen. Sogar das in den Augen von Chuonrat Unmögliche, vom Seher im elften Jahrhundert angedeutete, schien tatsächlich wahr zu werden: das Wohlergehen einfacher Menschen begann wichtiger zu werden als die Interessen der Mächtigen.

Für Meinrad hingegen war dies zu viel des Guten. In dem farbenfrohen Spektakel sah er seine wohl geordnete Zahlenwelt untergehen und damit gelangte er zu der Schlussfolgerung, dass die edle Gattung des Menschen mit einem Rückwärtssalto in Nichtwissen und Barbarei versinken würde, anstatt sich Schritt für Schritt dem erhabenen Ziel der Unendlichkeit zu nähern.

Diese und andere Enttäuschungen samt dem Scheitern des tausendjährigen Ereignisses liegen mit ihm begraben, während der Zeitgeist und die Menschen, die auf ihn folgen, ausgelassen durch das Spektrum der neu gewonnenen Freiheiten tanzen und nicht genug davon bekommen können – im Wissen, dass sie ihnen im launischen Wechselspiel der Geschichte eines Tages wieder genommen werden.

Auch blieb Meinrad und seinen Nachfahren die Last der Sünde erspart, denn in einer von Aufbruchsstimmung und Visionen geprägten Welt war ein neuer Umgang damit erprobt worden: schuld ist nur noch, wer von einem Richter nach jeweils geltendem Gesetz schuldig gesprochen wird und dies frei von Verfahrensfehlern geschieht. Dieser Ansatz bewährte sich, fand schnell Verbreitung und wurde zum neuen Paradigma, weshalb Politiker frei von Fehlern sind, Banken und Großkonzerne zwar betrügen, aber kein Manager dafür verantwortlich zeichnet, Staatspräsidenten ihr Land verlumpen lassen und trotzdem wiedergewählt werden, und wenn man jemanden auf frischer Tat dabei ertappt, wie er seinen Mitmenschen erschießt, gilt, während das Opfer tot am Boden liegt, für den Mörder die Unschuldsvermutung. Mutmaßlich deshalb, weil Juristen in einem langwierigen Verfahren zuerst ermitteln müssen, wer von beiden – Opfer oder Täter – wen erschossen hat.

Einst hieß es im Volksmund: Gott straft sofort! Doch da in einer vom Glauben getrennten Gesellschaft nichts mehr der göttlichen Strafe untersteht, ist nun fast alles erlaubt, selbst wenn es in haarsträubender Weise dem gesunden Menschenverstand zuwiderläuft oder einer unter dem Homo sapiens leidenden Natur den Rest gibt.

Angesicht solcher Umstände wird es wieder mal Zeit, zu schauen, wie der Kohlrabi wächst, ob es an den Rosenbüschen etwas zu schneiden gibt oder im Gemeinschaftsgarten jemand zum Gespräch einlädt und sich, während man Grün und Blütenduft atmet, daran zu freuen, dass man auf dem Land in einem Dorf zuhause ist. Keine überflüssigen Schießereien, keine Hooligans, nirgends Großbanken, die illegal Geschäfte machen, die hauseigenen Tomaten unterliegen keinem Gentech-Patent, und merkwürdigerweise fühlt man sich auf erdigem Boden dem Himmel oft näher als in der dreißigsten Etage eines Hochhauses. Wenn es der Sommer auch noch gut gemeint hat und die Bäume voller Früchte hängen, gibt es nichts auszusetzen an einer Welt, die von paradiesischen Bildern gar nicht weit entfernt zu sein scheint.

Eile und Eisenbahn

Die Erinnerung an das Kloster und seine einstige Herrschaft über Teile des Dorfes war vom Strom der Zeit hinweggespült worden, im Laufe der Jahrhunderte in Vergessenheit geraten. Die Umwälzungen und Veränderungen, die mit der kurzen Besetzung durch die Franzosen ihren Anfang genommen hatten, in deren Folge das ganze Land von der darauffolgenden Generation neu geordnet und ausgerichtet wurde, brachte nicht nur eine Beschleunigung des Denkens mit sich, sondern eine nie vorausgeahnte Eile fraß sich kreuz und quer durch das Land.

Einige Jahrzehnte zuvor war in England eine geräderte Dampfmaschine erfunden worden, die auf eisernen Schienen eine Reihe von kutschenähnlichen Wagen hinter sich herziehen konnte und sich mit ansehnlicher Geschwindigkeit vorwärtsbewegte. Damit brach eine neue Epoche an, durch die die Welt in eine Aufbruchsstimmung versetzt wurde, die ihresgleichen suchte. Allen voran war es die helvetische Alpenrepublik, die man doch auf Grunde ihrer Topografie als vollkommen ungeeignet für dieses neue an Schienen gebundene Verkehrsmittel hätte ansehen müssen, die innert Kürze zu einem Pionierland der Eisenbahntechnik wurde – dies, obwohl die neue Idee heftig umstritten war, zwischen Befürwortern und Gegnern hitzige Debatten tobten und der Bau neuer Verbindungen mancherorts auf heftigen Widerstand stieß.

1864 war es soweit. Unter den erwartungsvollen Augen der gesamten Dorfbevölkerung rollte die dampfende Lok fahnengeschmückt mit ihrer eisernen Wagenlast heran und kam nach ohrenbetäubendem Quietschen vor dem neu erstellten Stationsgebäude zu stehen. Eine schnurgerade, harte Doppellinie zog sich durch das Land, schnitt es meilenweit entzwei und wirkte auf die Menschen genauso faszinierend wie erschreckend. Darüber hinaus hatte sich herumgesprochen, dass es Studierte und namhafte Doktoren gab, die vor den krankmachenden Folgen des ungewohnten Temporausches warnten, fuhr diese Bahn doch mit einer Geschwindigkeit, die sogar diejenige eines durchgebrannten Gauls übertreffen konnte.

Schnaufend setzte sich das Ding wieder in Bewegung, nahm langsam Fahrt auf und verschwand, bedrohliche Rauchschwaden hinter sich lassend, in Richtung Alpenvorland. Von diesem Tag an wurde die Eisenbahn ein nicht wieder wegzudenkender Teil des dörflichen Alltags. Mit der Ruhe und Beschaulichkeit war es dahin. Täglich schob sich zu vorbestimmter Stunde ein weithin hörbares mechanisches Rattern durch die Gegend, begleitet von langen Pfeiftönen, und während die Kinder jeweils kaum darauf warten konnten, das neuartige Ding zu Ohren und zu Gesicht zu bekommen, war manch Älterer froh, dass die Schienen außerhalb des Dorfes verlegt worden waren und das eiserne Ungeheuer ihren Häusern, Stallungen und Werkstätten nicht zu nahe kam.

Hunderttausende von Zügen fuhren eine Straßenbreite entfernt an meinem Schlafzimmer vorüber, seitdem ich im Dorf mein Zuhause fand. Ich habe mich daran gewöhnt. Überraschend schnell. Eine Handvoll Nächte brachte ich kaum ein Auge zu, dann wurde die Bahn ein beständiger Teil der fehlenden Stille, die viel zu häufig zum Zeitgeist gehört.

Nachts blieb es bei einem kurzen Donnerrollen, das mich nur noch selten aufschrecken ließ, tagsüber ersetzte es alle Uhren.

Aus den wenigen Fahrten der Pionierzeit ist ein dicht gedrängter Taktfahrplan geworden. Kamen die Züge bei meiner Ankunft im Halbstundentakt vorbei und legten nach Mitternacht eine Pause ein, folgten später Wochenend-Nachtzüge und seit einiger Zeit lärmt die Bahn im Viertelstundentakt vorüber. Ratternd wie damals in ihren Anfängen, weil zu der Zeit, als der freundliche Bahnhofvorstand wegrationalisiert wurde, die Station nicht nur automatisiert, sondern von einer doppel- zur eingleisigen degradiert wurde. Das Ersetzten der einstigen Weiche durch ein gerades Stück Eisen musste derart dilettantisch erfolgt sein, dass seither jede Radachse einem Schlag ausgesetzt ist, was eine schnelle Klangfolge erzeugt, die rhythmisch durch Fenster und Wände dringt und das alte Haus Mal für Mal ein wenig erzittern lässt.

Ein Erdbeben würde – auch wenn es bei weitem nicht von der vernichtenden Stärke sein müsste, wie jenes von Basel, das im Spätmittelalter die halbe Stadt zerstörte – dem Haus, dessen Wände erste Risse zeigen, schweren Schaden zufügen, doch scheinen sich die millionenfachen Erschütterungen durch die eiserne Bahn im Zeitlupenverfahren zu einem Beben beachtlicher Magnitude aufzusummieren. Letztlich ergeht es Häusern nicht anders als Nussbäumen – irgendwann naht eine Zeit, der sie nicht länger gewachsen sind, und mit ihr kommen der Zerfall und das unausweichliche Ende.

Ein ganz anderes, ein ideologisches Erdbeben hatte dem überwiegenden Teil der altehrwürdigen Klöster endgültig den Garaus beschert. Mit der Säkularisierung, dem sich aus den Fesseln kirchlicher Obrigkeiten befreiten Geist einer neuen Zeit waren Abteien und Stifte enteignet, der Kirche ihre weltlichen Güter weitgehend genommen worden und die jahrhundertlange Herrschaft eines klerikalen Kapitalismus war zu Ende gegangen. Sukzessive würde die Macht und das Geld in andere Hände übergehen, die nunmehr allen Reichtum für sich kumulieren und ihre Macht und ihren Einfluss auf dem Erdball ausdehnen würden, um den ganzen Globus mittels weltlicher Gesetze zu unterjochen und ihn sich rücksichtlos zu Nutzen zu machen, wie es zuvor die Kirche im Namen Gottes getan hatte.

Davon jedoch, wie in ferner Zukunft jene neuen, ebenso skrupellosen, trickreichen und von unersättlicher Gier getriebenen Herren einer Form von Aufklärung und der ihr folgenden Revolution zum Opfer fallen werden, sich der Mensch erneut von der Diktatur des Kapitals befreit und jene enteignet, die zu viel Macht und Mammon angehäuft haben – davon weiß nicht einmal der weißbärtige Seher zu berichten.

Carolus aber, jener umtriebige Mönch in den Bergen, würde seine Vorahnungen, die ihm in schrecklichen Albträumen zuteilgeworden waren, bestätigt sehen. Seine Abtei war zu einem gottlosen Nichts geworden, und selbst der Umstand, dass seine Fälschung noch lange unentdeckt geblieben war, hatte das Unheil nicht verhindern können. Die Zinnen und Mauern, von denen er sich in Verzweiflung um ein Haar hinuntergestürzt hätte, blickten ohne seinen und Gottes Schutz als profanes Denkmal vergangener Zeiten hinab ins Tal. Eine neue Art von Bedeutsamkeit würde an Stelle der verblichenen treten. Im ganzen Land und damit auch in jener Talschaft am unberechenbaren Strom, der Jahr für Jahr über die Ufer trat, brach eine neue Ära an.

Der vom Schicksal begünstigte Teil der Bevölkerung, der durch die begonnene Industrialisierung schnell Vermögen anzuhäufen begann, hatte ein neuartiges Freizeitvergnügen entdeckt – das Reisen. Damit war die Geburtsstunde des

Tourismus gekommen, dem bald darauf die rasante Eroberung des Landes durch die eiserne Bahn einen gewaltigen Schub verleihen würde. Rückblickend kann man die damals aufkommende Reiselust zwar kaum als einen neuen Wesenszug der Spezies Mensch bezeichnen, kehrte doch bloß zurück, was die Urahnen moderner Touristen bereits zur Genüge praktiziert hatten – das nomadisierende Leben der Hirtenstämme, die Wanderungen ganzer Völker auf der Suche nach Neuem, all das, was die einstige Ausbreitung des modernen Menschen rund um den Erdball eingeläutet hatte – aber dieses Mal geschah es mit anderen Vorzeichen, mit anwachsender Eile und schier unfassbarer Geschwindigkeit.

Anfangs waren es noch Postkutschen, die sich gemächlich über die staubigen Straßen durch das langgezogene Tal bewegten und den Reisenden genug Zeit gaben, die Gegend ausgiebig zu betrachten. Das Ermüden der Pferde wie auch die Gefahren der Dunkelheit ließen die Etappen kurz bleiben, forderten Pausen ein und boten Raum für eine ausschweifende Beschaulichkeit, die in wortreichen Berichten und poetischen Schilderungen Ausdruck finden sollte. Dank diesen konnten die begüterten Urlaubsreisenden auf ihrer Fahrt durch das Tal die Abtei hoch oben im Gebirge, der siebenhundert Jahre zuvor Chuonrat untertan gewesen war und die später Carolus beherbergt hatte, gar nicht verpassen.

Einen handlichen Reiseatlas führten sie mit sich, erschienen 1842, seine Textabschnitte derart klein gedruckt, dass es eines Monokels bedurfte, um sie zu entziffern. Geographische Kenntnisse gehörten mittlerweile zum Allgemeingut – nicht zuletzt waren es zahllose Kriege gewesen, die mitgeholfen hatten, die Kartenwerke der Länder und Königreiche zu zeichnen, und so beschrieb das Büchlein den mehr als tausend Kilometer langen Fluss Abschnitt für Abschnitt von seiner

gebirgigen Quelle bis zur fernen Mündung ins Meer und lud
unter anderem auch dazu ein, Ortschaft und Kloster hoch
über dem Tal einen Besuch abzustatten:

*... drei angenehme Wege führen hinauf, wovon einer beson-
ders anmutig und auch für Pferde gangbar ist. Ehemalige große
Benediktinerabtei, von Wiesengeländen, Obstgärten und Wein-
bergen umgeben. Auf der Terrasse des Berges herrliche Aussicht,
bei Mondschein entzückend. Interessant der Weg nach dem
Bade, in einem tiefen Schlunde, von sechs- bis siebenhundert
Fuß hohen Felswänden eingeschlossen. Ein erhabenes Schau-
spiel gewährt in dieser Schlucht das Zucken des Blitzes, das
Rollen des Donners und das Tosen der von allen Seiten über die
Felsen herabstürzenden Wasserfälle bei einem Gewitter, nicht
minder merkwürdig ist die Zeit, wo bei dem Brechen der
Winterkälte die an den Felsen hängenden Eismassen mit fürch-
terlichem Gekrache herunterstürzen ...*

Die Badehäuser bei der Heilquelle seien massiv, aber in
klösterlichem Geschmacke, die Trinklaube geräumig, die
Bewirtung einfach und billig. Die Formulierung *in klösterlichem Geschmacke* hätte den Ordensbrüdern vergangener
Zeiten wohl kaum geschmeckt, wäre als pietätslos abgetan
worden, und Gottes Dienste einfach und billig anzubieten,
wäre noch viel weniger in ihrem Sinn gewesen.

Carolus Demut vor dem Schöpfer und dessen Werk war
aus diesen neumodischen Zeilen nicht mehr herauszulesen,
sie hatte einem ehrfürchtigen Erstaunen über die Natur und
abenteuerlichen Erlebnissen in derselben Platz gemacht. Bald
aber würde auch der letzte Rest von Ehrfurcht weichen und
alles Betrachten, Erleben, ja selbst der Umgang mit der Angst
zum Konsumgut und damit zu einträglicher Handelsware
werden. An Stelle der schwärmerischen Beschaulichkeit jener
ersten Lustreisen würde eine hektische, von Zeitknappheit

getriebene Jagd nach Action treten, ein Abarbeiten zahlloser Punkte auf der Landkarte, von Ort zu Ort eilend, festgehalten in einer Vielzahl schnell geschossener und ebenso schnell vergessener Selfies, begleitet von der einzig verbliebenen Furcht – einer panischen Angst, etwas zu verpassen, was andere bereits gesehen haben.

Wie sich der Rausch der Geschwindigkeit, diese Eile, die einst mit der Eisenbahn Einzug gehalten hatte und sich parallel zur fortschreitenden Entwicklung mit immer größerer Beschleunigung hatte ausbreiten können, auf die Menschen ausgewirkt hat – ob sie tatsächlich krank gemacht hat, wie dazumal von manchem prognostiziert, lässt sich im Nachhinein nicht mehr erforschen – die verinnerlichte Hast aber hat einen festen Platz in Medizin und Wissenschaft gefunden. Stress, Stress-symptome, die Stressgeplagten sind zu einer alltäglichen, nicht mehr wegzudenkenden und vielfach abgehandelten, sogar am dörflichen Stammtisch diskutierten Erscheinung herange-wachsen.

Im Löwen, wo zwei Generationen zuvor der Meinrad saß, jener Sonderling, der von Zahlen und Geschwindigkeiten derart fasziniert war, dass er von immer schnelleren und noch schnelleren Welten träumte, treffen sich jetzt Menschen, die sich ein neu kreiertes Wort auf die Fahnen geschrieben haben – Entschleunigung. Weg vom Stress, hinein in etwas Neues, dem eingedeutscht meist ein Slow vorangestellt wird. Slow Food, Slow Up, Slow Dating. Ist es die Sehnsucht nach der Rückkehr von etwas, was bis vor kurzem nicht nur die Regel gewesen war, sondern das einzig Mögliche – ein Wieder-aufleben der Zeitlosigkeit des Daseins im Einklang mit der Natur und den Jahreszeiten? Oder bietet dieses Slow bloß Hand zu neuen Marketingideen, neuen Geschäftsmodellen, mit denen sich schnelles Geld verdienen lässt?

Wo tatsächlich Entschleunigung gesucht wird, gewinnen die zahlreichen Bänke des Verschönerungsvereins, jene dort unter einer alten Eiche, hier in sonnenbeschienener Lichtung, woanders an einem luftigen Aussichtspunkt an Bedeutung. Sie sind unauffällige Mahnmale, die daran erinnern, dass Innehalten nicht Stillstand bedeutet, Ruhe keinen Wertverlust mit sich bringt, und dass ein Moment des Anhaltens und das vorübergehende Fallenlassen aller Lasten wie es dem Chuonrat geschah – den Blick in eine Welt ermöglichen kann, die grenzenlos ist und die Ewigkeit näher heranrücken lässt als das schnellste Verkehrsmittel. Dort wo heute eine Bank zur Rast lädt, machte er Halt, der unbekannt gebliebene Bauersmann, blickte in die winterliche Weite, die sein Dorf umgab und reiste in diesen Momenten weiter weg als manche, die Jahrhunderte nach ihm um die halbe Welt jetten.

Wiederkehr

Es sind Geschichten, Anekdoten, Erzählungen, alltägliche, frei erfundene und erträumte, die einem Dorf, einer Stadt, dem Land Farbe verleihen, ihnen Leben einhauchen, sie zur Heimat werden lassen, und es ist die Geschichtsschreibung, ihre Überlieferung, sind die zahllosen historischen Spuren, die Vergangenes sichtbar machen, uns mitnehmen in Zeiträume, die weit über die Spanne des eigenen Daseins hinausreichen und den Homo aus der Familie der Hominiden Teil werden lassen von einer Entwicklung, die sich jenseits aller Erinnerungen in weit zurückliegenden Epochen verliert, in denen die Gesteinsmassen, die sich dereinst zum Alpenkamm formen würden, noch unter tropischen Wäldern schliefen und der Mensch ein unbekanntes Wesen war, dass die Natur im Verlauf von Millionen Jahren erst hervorbringen würde.

Unsere historische Vergangenheit ist ein Lehrbuch des Werdens und Vergehens, berichtet vom Aufblühen und dem Untergang ganzer Kulturen. Sie legt Zeugnis ab von der Vergesslichkeit des Menschen, seiner Unbelehrbarkeit, davon, wie er im Auf und Ab der Zeiten alte Fehler in ähnlicher Form wiederholt, während er im gleichen Atemzug nie zuvor Gewesenes hervorbringt – zu einem Genie geworden, das seinen eigenen Ursprung erkennt und gleichzeitig einem Wahn von Wachstum und Weltherrschaft verfällt, in dem er sich und seine Lebensgrundlagen zu zerstören droht – der doppelt Kluge, womöglich eines nicht zu fernen Tages ausgestorben, dem Homo incognitus, einer unbekannt gewordenen Spezies angehörend, an der sich weder die Natur noch ihre Millionen von Arten erinnern werden.

Neunhundert Jahre sind vergangen und wieder begegnet man im Dorf Chuonrat, dem Leibeigenen, dessen Lebenssinn aus Sicht seiner christlichen Herren seinerzeit darin bestand, ihren weltlichen Interessen im Namen Gottes zu dienen. Das Traggestell, das ihn manches Fuder Holz, Körbe voller Feld- und Waldfrüchte oder gelegentlich eine Jagdbeute nach Hause tragen ließ, hatte er altershalber in die Ecke beim Hühnerstall gestellt. Stünde es noch dort, wo heute weder eine Hofstatt zu finden ist noch Hühnertiere zu hören, würde es zu seinem Erstaunen als Fundstück von besonderem Wert im örtlichen Museum ausgestellt werden.

Die Geister, die im Gestrüpp ihr Unwesen trieben, wurden von Heckenscheren in die Flucht geschlagen. Tatsächlich gibt es noch etwas Buschwerk entlang eines Fahrweges, der den Berg hinaufführt. Der Naturschutzverein hat sich seiner angenommen und schneidet es jährlich zurück auf ein vorgeschriebenes Maß natürliche Wildheit. Würde man es frei wuchern lassen, könnten die wispernden Elben ins Gehölz zurückkehren und wer weiß, ob die Leute von heute ihnen noch gewachsen wären.

Unten, kurz vor seiner Heimstatt empfängt Chuonrat, der sich mittlerweile Konrad nennt, das vertraute Geräusch der Playstation seiner Kinder. Quieken, Schnarren und Piepsen, von Gewehrsalven und Detonationen unterbrochen, ein Lärmmix, der ihn dazumal entsetzt die Flucht hätte ergreifen lassen. Ihm wäre im Wald unter wilden Tieren wohler gewesen als in der Nähe seines gamenden Nachwuchses. Doch als Homo sapiens war er lernfähig geblieben und hatte Schritt gehalten mit der Zeit. So betritt er mit einem Gruß, den niemand erwidert, das Haus und setzt sich an den Computer, um nachzusehen, ob das Bestellte unterwegs ist, Ebay das Kaminholz zum gewünschten Preis liefert oder er beim nächsten Angebot mitbieten muss, die Retoursendungen seiner Frau verbucht sind, Kurz-Check, ob Frischgemüse und Waldbeeren dieses Mal express kommen oder wieder halb verschimmelt in der Grüngutsammlung landen. Fertig damit möchte er etwas mit den Kleinen unternehmen, da erinnert er sich an die Worte ihrer Mutter: »Conny, lass die Kids ungestört gamen, es gibt sonst nur Stress«.

Unschlüssig, wie er sich die Zeit vertreiben könne, beschließt er, vor dem Haus auf der Gartenlounge zu warten, bis seine Frau vom Workout aus dem Fitnessstudio zurückkommt. Mit halbgeschlossenen Augen in die Abendsonne dösend, vermeint er Schritte zu hören, nickt dabei beinahe ein, doch plötzlich sieht er einen Fremden neben sich sitzen. Im Begriff, aufzuspringen, um den Eindringling in aller Deutlichkeit von seinem Privatgrund zu vertreiben, hält er inne, versucht verwirrt die Sinne zu ordnen und erkennt mit einigem Erstaunen den alten Wahrsager. Der lebhafte, durchdringende Blick ist über all die Jahrhunderte der gleiche geblieben, Walking Stöcke lehnen am Sessel, seine Stimme klingt ungebrochen frisch.

»Ja«, hebt dieser an, »ich weiß, das mit der Freiheit damals«, und fügt nach kurzem Zögern entschuldigend hinzu: »Ich musste ja unbedingt das Ferkel haben, hatte im Nachbardorf einem Dummen gegen viel Geld versprochen, dass am nächsten Morgen im Hühnerstall eine Sau zur Welt kommen würde.«

Das Geschäft mit dem Wahrsagen sei über weite Strecken gut gelaufen, doch in letzter Zeit würden die Wahrheiten dermaßen verdreht, umgekrempelt und laufend neu definiert, dass niemand mehr etwas mit ihnen zu tun haben wolle.

Letztendlich habe er aufgegeben und sich bei einem Märchenerzähler umschulen lassen auf Fake News, das laufe heutzutage einfach besser.

»Aber siehst du, alter Freund, das Dorf hat sich prächtig entwickelt, deine Familie sich vermehrt, eine Nationalität habt ihr bekommen, und überdurchschnittlich warm ist es auch dieses Jahr. Es geht euch also gut, obwohl das Haus jetzt statt den Klosterbrüdern der Bank gehört, du anstelle für die Kirche für einen Konzern arbeitest und das Doppelte des damaligen Zehnten dem Staat als Steuern schuldest. Aber das Weissagen von Freiheit und Unabhängigkeit war natürlich Quatsch.«

Hier unterbricht er, schaut ein wenig melancholisch über die dörflichen Dächer in die Ferne, dann fährt er fort: »Hieß es im Mittelalter noch, Gott der Allmächtige sehe alles, und dieser Gedanke lehrte euch das Fürchten, was vom Klerus geschickt ausgenutzt wurde und euch zu Leibeignen und Opfern ihrer Machtspiele werden ließ, hat der Homo incognitus vor gar nichts mehr Angst. Außer vor den Nachbarn, denjenigen, die in früheren Zeiten restlos alles voneinander wussten, bei denen gelten heute Schweigepflicht und Datenschutz. Der unsichtbare, virtuelle Rest der Welt aber kennt den Chuonrat weit besser als er sich selbst, registriert jede seiner Bewegungen, alle Einkäufe, Einzahlungen, Entsorgungen, seine Netflix-Vorlieben, jedes von ihm durchs Web versandte Wort. Unsichtbare Kräfte haben von dir ein Persönlichkeitsprofil, das Psychologen und Wahrsager vor Neid erblassen lässt, wissen über den hintersten Winkel deiner Gefühlswelt genauso Bescheid wie über sämtliche Details von deinem Fitnesszustand. Sie machen dich zum unfreiesten Erdenbürger, den die Geschichte je hervorgebracht hat. Nur den Sinn dafür brauchst du nicht lange zu suchen, denn der ist über all die Zeiten der gleiche geblieben.

Du musst denen, die dich überwachen und kontrollieren, zu Macht und Wohlstand verhelfen.«

Nun, der Alte habe zwar Recht, denkt Konrad, aber wen interessiere das schon. Ein paar von seinen Fake News würden mehr Unterhaltungswert haben und gerade überlegt er, ob er dazu vielleicht eine gute Flasche Chardonnay öffnen solle, da holt ihn das freundliche Hallo seiner Frau aus den Gedanken, und bevor er sich darüber klar wird, wie er ihr die Anwesenheit des Fremden erklären könnte, bemerkt er, dass dieser bereits verschwunden ist.

Ja, es sei leider kein Holz geliefert worden, informiert er seine Frau, und das mache gar nichts, entgegnet sie, wir laufen mit den Kindern zum Wald hoch und holen ein paar Äste. Und siehe da, was ihm verwehrt geblieben ist, die Kinder stellen auf Geheiß ihrer Mutter die Playstation ab, reißen ihre Rucksäcke hervor und rennen den beiden vorauseilend Richtung Waldrand hinauf. Als sie an einer Hecke vorbeikommen, bleiben sie stehen, führen einen wilden Tanz auf und zielen mit imaginären Waffen ins Gehölz: »Peng, peng, rattatatam, rattatatam!« Lachend fragt der Vater, was das zu bedeuten habe und postwendend kommt zurück: »Wir erschießen Wurzelzwerge, Baumgeister, peng, peng, und Waldkobolde. Haha, und ihr könnt sie nicht einmal sehen.«

Oft lief ich an dieser Stelle vorbei, dieses Mal bleibe ich stehen – doch anders als die Kinder oder der aus der Erinnerung geratene Chuonrat kann auch ich die Geister weder sehen noch hören. Erschießen würde ich sie ohnehin nicht, denn getötet wurde und wird auf dieser Welt bereits genug, weshalb es mir an Verständnis mangelt für den Doppeltklugen, dessen Freizeitvergnügen darin besteht, mit Ego-Shooter-Spielen Leichen zu produzieren oder am Bildschirm Tod und

Kunstblut zu konsumieren. Vielleicht, denke ich, sind die Geister in die Köpfe der Menschen geflohen und treiben dort ihr Unwesen.

Nicht lange ist es her, da erlebte Mitteleuropa eine Epoche, die nannte man Nachkriegszeit. Todbringende Kampfhandlungen gab es zwar weiterhin, doch große Teile der westlichen Welt legten eine Pause ein oder verlagerten ihre Kriegsspiele in ferne Länder. Bestrebungen nach Frieden bestimmten das Dasein, Abrüstung wurde zum Thema und der obligatorische Wehrdienst zunehmend zum Feindbild. Mein Vater verweigerte mir sogar den Besitz einer harmlosen Spielzeugpistole – sechs Jahre lang hatte er die Gräuel und Grausamkeiten des Zweiten Weltkrieges mit eigenen Augen erlebt, unzählige Menschen sinnlos sterben gesehen und um sein eigenes Leben gefürchtet.

Mittlerweile aber begreift selbst die Boomer-Generation die Bedeutung des Ego-Shooters – dieses Genre von Spielen hilft, den Zeitenwechsel sichtbar zu machen und unterstützt jüngere Generationen, vorwiegend deren männlichen Teil, in ihrer Vorbereitung auf kommende Kriege und Katastrophen. Der Wandel nahm seinen Anfang mit dem Ausklingen des alten Millenniums – die Nachkriegszeit mutierte zur Vorkriegszeit. Wie es im Lauf der Geschichte immer wieder von Neuem geschieht, wechselt der Zeitgeist seine Kleider, beginnt die Gedanken und Einstellungen der Menschen umzuprogrammieren, ohne dass diese es wahrnehmen oder sich ihm widersetzen können.

Schleichende Veränderungen, begleitet von unauffälligen Details und scheinbar belanglosen Dingen kündigten den Paradigmenwechsel an. Während der Achtzigerjahre in den Mittelpunkt gerückte Wertvorstellungen bezüglich Wohlergehen der Bevölkerung und Zufriedenheit der Berufstätigen traten in den Hintergrund, zuvor eingeführte Extras am Arbeitsplatz wurden Schritt für Schritt wieder abgeschafft, die Gangart der Wirtschaft von Jahr zu Jahr härter. Die Autoindustrie verlieh den Fahrzeugen wuchtigere Formen und ein aggressives Kühlerdesign, in der Welt des Sports wurden Punktgewinn und Siege mit Hassgebärden gefeiert, Momente, die natürlicherweise mit Stolz und Freude gefüllt sind – dem Homo wird nicht länger etwas zuteil, er *krallt* es sich, einem Raubtier gleich, das mit niemandem Erbarmen kennt. „Wann kommt die Faust," fordern Reporter, während die Regie darauf wartet, dass sie ein weit aufgerissenes Maul in Superzeitlupe zeigen kann.

Auf der Weltbühne hat das Forschen nach Frieden Platz gemacht für eine Bedrohungsrhetorik, der Einschüchterungen und Sanktionen folgen. Innerhalb eines vermeintlich geeinten Europas nehmen Streit und nationale Interessen überhand und selbst im vom Frieden verwöhnten Alpenland wächst die Gewaltbereitschaft, wird von einer Spaltung der Gesellschaft gesprochen. So wird die herbeigerufene Faust wohl kommen, nicht bloß drohend, mit aller Gewalt wird sie zuschlagen, bis eines Tages eine Generation heranreift, die den unguten Geist – von Eltern und Voreltern zu spät erkannt – wieder zu bändigen sucht und loswerden will.

Bei diesen Gedanken höre auch ich die verschwunden geglaubten Dämonen wieder und hoffe wie Bauer Chuonrat in jener Sternennacht, dass sie uns für heute gutgesinnt bleiben. Ich setze meinen Spaziergang fort, lasse die nach offiziellen Vorgaben gestutzte Hecke mit ihrem geisterhaften Flüstern hinter mir, und neben mir läuft jene Frau aus einem fernen Land, der ich vor Jahren schrieb, wie ein Homo incognitus über die Tage, an denen sein Wagen in der Werkstatt war, mit der Bahn zur Arbeit fuhr. Wie er dabei dieser Form der

Anonymität begegnete, die den modernen Menschen auszeichnet, dem Individuum, das auch in der Masse für sich allein bleiben möchte.

Wieder und wieder war sie zurückgekehrt in das Dorf, in diese breite Talschaft, von deren Horizont der Alpenkamm grüßt, bis sie – die nie eine Nomadin war – die Sesshaftigkeit wechselte, Reisfelder gegen Zuckerrübenäcker tauschte, und nun legt sie am Morgen wärmendes Holz in den Kachelofen, während ihre Verwandten sehnlichst auf den Abend warten, damit dieser den Tag von der Hitze erlöst.

Wir machen eine Pause auf der Bank, von der aus der Blick auf den schief liegenden Stumpf eines abgesägten Nussbaumes fällt. Seine Überreste erinnern an die Begegnung zwischen dem verwurzelten Bauersmann und einem namenlosen Spaziergänger, an einen Moment, in dem ein Zugezogener realisierte, dass er über all die Jahre ein Unbekannter geblieben war – ein Homo incognitus.

Epilog

Die Wege sind die gleichen geblieben – das Dorfbild hingegen ist im Wandel begriffen. Es ist die Zeit der Kräne. Mit schnarrendem Geräusch drehen sie im Himmel Halb- und Viertelbogen, gefangen in einem starren Gerüst. Hoch über ihnen ziehen Rotmilane ihre Kreise, ungebunden, wenig beeindruckt vom menschlichen Treiben und von Jahr zu Jahr nimmt die Zahl dieser farbig gefiederten Raubvögel zu. Unter ihren majestätischen Schwingen, dort, wo die eisernen Arme hin- und herschwenken, tun sich gewaltige Löcher auf, tiefer, als dass sie der Ort je gesehen hätte. Mächtige Gebäude wachsen aus dem aufgerissenen Erdreich empor und auch sie nehmen von Jahr zu Jahr zu, bald einer Stadtlandschaft würdig. Mit ihnen hat endgültig das Urbane Einzug gehalten in einer Gegend, die dafür so wenig geschaffen zu sein schien. Im Umkreis von wogenden Feldern, verstreuten Höfen und Weilern begegnet der Betrachter einer grünlosen Welt, steinernen Schottergärten, betonierten Vorplätzen, ausladenden Zufahrten zu Tiefgaragen, über denen sich eng gedrängt Häuserblocks erheben, Fassaden, an denen der Blick abgleitet, ohne Halt zu finden.

Eine neue Zeit ist hereingebrochen, weit entfernt von den Utopien jener Stadtplaner, die in einer sinnlichen Choreografie moderne Technik mit der Natur verschmelzen lassen, pflanzenüberwucherte Wandelemente schaffen, die mit Dach und Balkongärten zusammenwachsen, dazwischen lichtdurchflutete Räume freigeben für allerlei Dinge wie Gemüseproduktion, Kunst, Oasen für Sport, Begegnung und Wellness, um damit der wachsenden Zahl von Menschen, die an ein städtisches Wohnen gebunden sind, etwas von den verlorenen Wurzeln und der Ursprünglichkeit des Daseins zurückzugeben.

Hier sind solch futuristische Zeiten ebenso fern wie das bäuerliche Mittelalter. Ein an verdichtetes Bauen gekoppeltes Renditedenken fern aller Ästhetik lässt die Bauten emporschnellen, schonungslos einander bedrängend fressen sie sich in das Dorfbild hinein, ohne der Seele der Landschaft eine Spur von Respekt zu zollen. Manches Mal vermeidet der einheimische Wanderer die Wege entlang dieser gähnenden Gruben, weicht den Schatten der stählernen Kräne aus, schlägt den Bogen weiter um den Ort, dort, wo die Welt ihn wohlwollender begrüßt und sich die Gedanken auflösen in einer Vielfalt von Sinneswahrnehmungen. Wo der Stumpf eines umgestürzten Baumes sich mit einer Fülle von Geschichten verbindet und der Himmel auf keltische Steinreihen herabblickt, manchmal noch ein Fuchs das Feld durchstreift, ein Reh sich am helllichten Tag aus den Waldflecken wagt. Wo der Mensch offline sich und der Welt begegnet, ohne virtuelle Freunde, und der Blick sich in einer Weite verliert, die ein Stück der Unendlichkeit erahnen lässt.

Das voranschreitende einundzwanzigste Jahrhundert wird mit seinen Upgrades aus Beton, Isoliermaterial und Glas das Dorf in eine für den Homo incognitus perfekte Welt verwandeln. Selbst wenn eine diffuse Angst vor der Erderwärmung umherschleicht, irgendwo von einer roten Liste bedrohter Arten gemunkelt wird und die Bewohner des Landes als würdige Erben der Leute von Seldwyla, die Gottfried Keller in seinen Novellen beschrieb, ihren jährlichen Anteil an den globalen Ressourcen schon vor Frühlingsbeginn aufgebraucht haben – der neue Mensch wird sich nicht aufhalten lassen.

Seine Weiterentwicklung schreitet zügig voran, der Mutter Natur, die seinen Vorgänger zu Urzeiten zum Leben erweckte, ständig schneller vorauseilend, steht ihm das Tor zur Welt grenzenlos offen – so weit offen, dass böse Zungen die Befürchtung hegen, er könne eines Tages durch eine viel zu weit aufgestoßene Öffnung hindurchfallen, von einem schwarzen Loch verschluckt werden und am Ende würde es heißen, die Erde sei wüst und leer – was ja bereits einmal der Fall gewesen sein soll. Derart apokalyptische Szenarien werden als lächerlich abgetan werden, wie jene Bedenken der Vorväter, die vermeinten, der zunehmende Rausch der Geschwindigkeit könne dem Menschen Schaden zufügen.

Wie seit Urzeiten bleibt das Unvorhersehbare das einzig Beständige und wenn das dritte Jahrtausend seinen Kinderschuhen entwachsen ist, wird sich die Welt, wie unzählige Male zuvor, und mit ihr das Dorf und seine Bewohnerschaft erneut gewandelt haben. Der Spaziergänger aber wird droben, wo einst der Chuonrat sein Feuerholz schlug, auch in Zukunft auf von Flechten ummantelte, in einen Hauch von Mystik getauchte Hinkelsteine treffen. Geduldig harren sie aus, laden wortlos dazu ein, teilzunehmen an einer Historie, die älter und erfahrener ist als die aller Homo aus der Familie der Hominiden. Ohne Frage wird eines Tages der Moment kommen, in dem sich sogar Menhire wieder in Bewegung setzen und die Bedeutung, die der Mensch ihnen auferlegt hat, hinter sich lassen. Noch erinnern sie an die Vergletscherung der Alpen, erzählen von keltischen Vorfahren, nehmen ihre Besucher mit auf eine Reise durch die Zeit. Dabei trotzen sie der Launenhaftigkeit einer Natur, die unberechenbar bleibt – Gemüse im Garten wachsen und Bäche austrocknen oder Flüsse über die

Ufer treten lässt, selbst Berge zum Einsturz bringen kann,
einer Natur, die uns in Erinnerung ruft, dass Erde und
Himmel miteinander verbunden bleiben – wie der Mensch
mit seiner Herkunft und Heimat, während er die persönliche
Geschichte des eigenen Lebens schreibt.

Über den Autor

Georg Michael Strasser; geboren in München, aufgewachsen in Deutschland, Australien und der Schweiz, lernte im Lauf seines Lebens Schreiben durch hunderte von Seiten Tagebuch. Er verfasst bildhafte Geschichten, teils autobiografische, teils frei erfundene Texte.

Nach dem Abbruch eines Architekturstudiums begann er zu reisen und arbeitete in den verschiedensten Tätigkeiten, unter anderem als Chauffeur, Hilfsarbeiter und Handwerker, bevor er über dreißig Jahre in Institutionen und Schulen als Lehrer für Jugendliche wirkte. Nebenberuflich absolvierte er eine Ausbildung in körperorientierter Psychotherapie, bot astrologische und psychologische Beratungen an, praktizierte zwanzig Jahre lang Aikido.

Er lebt in der Schweiz und zeitweise in Thailand, ist verheiratet und hat zwei erwachsene Söhne aus einer früheren Beziehung. Im Focus seiner Interessen stehen das menschliche Sein in seiner Vielfalt, das Leben als kreativer Akt und der unerschöpfliche Reichtum der Natur.